37 Kurzgeschichten

Renate & Uwe H. Sültz

Bücher von A bis Z

R.G. WARDENGA

Liebe & Schicksal

Die Liebe am Strand von Malibu

Renate und Uwe H. Sültz

BoD - Books on Demand
Norderstedt 2021

Bibliografische Information durch die Deutsche Nationalbibliothek
Die Deutsche Nationalbibliothek verzeichnet diese Publikation in der
Deutschen Nationalbibliografie; detaillierte bibliografische Daten
sind im Internet über http://dnb.dnb.de abrufbar.

I'LL

BE

BACK

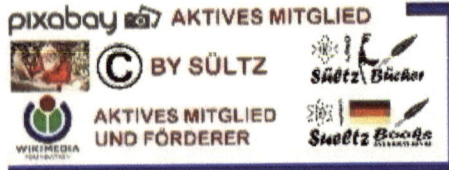

© Renate & Uwe H. Sültz
Herstellung und Verlag
BoD – Books on Demand, Norderstedt
ISBN 9-78375-3-40600-8

pixabay AKTIVES MITGLIED
© BY SÜLTZ
AKTIVES MITGLIED
UND FÖRDERER

Inhalt:

Die Liebe am Strand von Malibu

Ich wanderte in ein anderes Land aus. Geistig war ich relativ jung geblieben und mein Äußeres konnte ich ohne Bedenken zeigen. Mein bisheriges Leben war aus den Fugen geraten. Daher wollte ich mir eine neue Existenz aufbauen. Von dem Geld, das ich während meiner grauenhaften Ehe zusammengespart hatte, kaufte ich mir ein wunderbares Strandhaus. Wenn ich am Strand entlang lief, flatterten meine langen schwarzen Haare im Wind. Oft wälzte ich mich übermütig im Sand und kam jedes Mal dem Wasser so nah, dass mein dünnes Kleid nass wurde. Meine makellose Figur war durch das nasse Kleid zu sehen. Mit mir und der Welt wieder zufrieden, legte ich mich im gelben Bikini in meinen Liegestuhl. Ich war Autorin. Meine Bücher wurden gern gelesen und viel verkauft. Ich schrieb bei jeder Gelegenheit, denn davon gab es viele. Zeit spielte für mich keine Rolle. Ich hatte genug davon. Die Sonne bräunte meine von Natur aus braune Haut noch mehr. Meine Nachbarn waren schon älter, besaßen auch ein Strandhaus und spielten regelmäßig Strandball. Oft fuhren sie mit dem Segelboot hinaus. Nicht unbedingt mein Ding. Ich hatte einfach keine Lust auf Kommunikation, wollte nur meine Ruhe haben. Viele Jahre musste ich mich vor meinem verstorbenen Mann verkriechen, ich hatte Angst vor ihm. Sein laut dröhnendes Organ hatte ich noch lange in den Ohren. Nun aber war alles gut, ich musste unbedingt zu

mir finden, mich ordnen, meine Gedanken wieder auf die schönen Dinge richten. Ich versuchte es jeden Tag. Doch es fehlte etwas ganz Entscheidendes. Die Liebe und Zärtlichkeit, die ich nie erfahren hatte. Ich wollte ohne diese Gefühle nicht mehr durchs Leben gehen. Aber was sollte ich nur tun? Ich konnte mir doch keinen Partner aus dem Meer fischen. Meine Nachbarn Elli und Steve Baker hatten einen Sohn. Ich konnte nicht anders und musste ständig an ihn denken. Eigentlich wollte ich keinen Mann mehr kennenlernen. Aber Dan sah verdammt gut aus, war im richtigen Alter und hatte alles, was eine Frau sich wünschen konnte. Oft kam er unter einem Vorwand zu mir. War doch eindeutig, dass er mich kennenlernen wollte.

Eines Tages sagte er zu mir: „Dana, willst Du meine Freundin werden? Ich meine richtig, Du weißt schon." Abgeneigt war ich nicht und willigte ein. Das Leben war herrlich, keine Sorgen und Probleme waren zu wälzen und die Sonne schien immer. Mal lagen wir am Strand, dann trug Dan mich hinauf, wenn die Sonne unterging. Wir liebten uns in meinem Haus, das eine riesige Terrasse zum Meer hatte. Dann aber kam Dan nicht mehr. Bisher war er jeden Tag bei mir gewesen. Ich konnte es nicht fassen. Ich ging hinüber und klopfte an die schwere Eichentür der Bakers. Sie verbarrikadierten sich seit einiger Zeit. Zu oft wurde eingebrochen. Dans Vater kam zur Tür. „Ja, bitte?", sprach er in einem nervösen Tonfall. „Ich bin Dana aus dem Nachbarstrandhaus", sagte ich, „was ist mit Dan los? Ich sehe ihn nicht mehr." Der Vater antwortete: „Dan hatte einen schweren Unfall, wissen Sie das denn nicht? Er lag bewusstlos am Strand, man fand ihn am späten Abend und brachte ihn ins Krankenhaus. Das Schlimmste ist, er hatte sich die Pulsadern aufgeschnitten. Viel Blut ging verloren. Nun ist er auf dem Weg der Besserung, will aber mit keinem sprechen." „Wissen Sie denn, warum er das tat?", fragte ich ihn. „Ja, er hat seine gesamten Ersparnisse verloren. Seine Bank hatte das Geld in die falschen Geldanlagen investiert und dann war von heute auf morgen alles weg." „Und jetzt?", fragte ich. „Kann man ihn besuchen?" „Ja, das können Sie. Aber wundern Sie sich nicht, wenn er Sie nicht sprechen will." „Wir werden sehen", meinte ich und machte mich mit meinem Strandbuggy auf den Weg zum Krankenhaus. Ich ging hinauf. Die zuständige Krankenschwester versuchte mich abzublocken. „Bitte lassen Sie mich zu Herrn Baker, ich muss mit ihm reden, ich bin seine Verlobte." „Ja, Sie dürfen zu ihm", sagte die Schwester. Dana öffnete vorsichtig die Tür, ging hinein und sah, dass Dan sehr blass war. Anders gesagt, er sah schlimm aus. Dan hob seinen Blick und schaute Dana direkt in die Augen. „Ich habe alles verloren Dana. Ich wollte Dir etwas bieten, Du solltest alles von mir bekommen. Nun bin ich arm." „Erstens kannst Du nichts dazu und zweitens ist Geld nicht alles im Leben", sagte Dana. „Bitte bedenke, dass ich Dich sehr liebe, auch ohne Geld. Das was ich habe, wird für uns beide reichen und wir müssen auf nichts verzichten. Bitte lass' den Kopf nicht hängen." „Ja Dana, ich habe mich dank Dir wieder gefangen. In einigen Tagen bin ich wieder bei Dir." „Ich warte auf Dich Liebster", sagte Dana. Dan hatte seinen aufwendigen Lebensstil nicht mehr halten können. Das war ihm aber egal, denn seine Ansicht vom Leben hatte sich grundlegend geändert. Dan und Dana haben Wochen später geheiratet. Eine Strandhochzeit. Alle aus den Nachbarhäusern waren eingeladen. Sie feierten und nichts erinnerte an Dans Selbstmordversuch. Ein glückliches Paar wohnte nun am Strand von Malibu in einem wunderschönen Haus mit einer riesigen Terrasse, einem roten Sofa, auf dem sie sich liebten, wenn Dan sie nach dem Sonnenuntergang hinauf getragen hatte.

Da müssen wir alle durch

Jack war sein Leben lang ein Ganove, er betrog bei allen Geschäften, er war Geldeintreiber, ja, er tötete sogar. Es war 1933, dieses Mal ging Jack in eine Falle. Jack öffnete die Pendeltür der Bar Rocky in Rom, es war nach ein Uhr, der letzte Gast war gegangen. Wie in jedem Monat, erpresste Jack eine Million Lire von Gastwirt Enzo. Für Enzo reichte es hinten und vorne nicht. Seine drei Kinder und seine Frau Roberta sparten, wo sie nur konnten. Aber Jack war erbarmungslos, forderte jeden Monat das Geld. „Sonst geht die Hütte wieder in Flammen auf!", lachte Jack jedes Mal. Nur dieses Mal nicht, es gab kein Geld, es gab blaue Bohnen. Roberta nahm den Colt aus dem Tresor und drückte einfach ab. Jeden Monat nahm sie es sich vor, betete zu Gott: „Gib mir die Kraft das zu tun und vergib mir, Gott, bitte!" Jack zog das MG unter dem Mantel hervor und schoss fallend umher. Drei Kugeln trafen Roberta. Maria war eine Krankenschwester in Madrid. Sie opferte sich für kranke Menschen auf. Maria wurde als junge Frau vergewaltigt. Sie ging ins Kloster, hier wurde sie zur Krankenschwester ausgebildet. 82 Jahre ist Maria nun alt, ihr Gehör und die Augen lassen nach. Maria konnte den schweren Mercedes weder hören noch sehen. Alle Hilfe kam zu spät, Maria starb in den Armen eines heraneilenden Priesters. Fröhlich spielte die kleine Sonja im Vorgarten ihrer Eltern in einem Vorort von

Paris. Es war ein herrlicher Frühlingstag im Jahr 1933. Am Nachbarhaus wurde fleißig gearbeitet. Für Sonja wurde es immer interessanter. Dachdecker waren am Werk. „Die können ja gut schnappen", dachte sich die Zehnjährige und kam der Bedrohung immer näher. Drei Mann waren am Werk. Von ganz oben bis zum Abfallcontainer warfen sie sich die Dachdecker die Ziegel zu. „Mädchen! Geh' zurück, es ist gefährlich hier!", rief Dachdecker-Meister Cloude dem Mädchen zu. Da ist es passiert. Geselle Lois war abgelenkt, schnappte die Dachpfanne nicht ... Sonja konnte nicht gerettet werden. Das sind nur drei Beispiele von Menschen, die 1933 zum Himmelstor kamen und um Einlass baten. Petrus war wie immer viel beschäftigt. Alle, aber auch wirklich alle, studierte er gründlich und entschied dann über ihr Schicksal. Vor Maria stand ein etwa 32 jähriger Musiker, er war nun an der Reihe. Maria kannte ihn sogar. Herrliche Klavierkonzerte gab er in Madrid. Eine großartige Karriere hatte er vor sich. Bei einem Konzert im Opernhaus erlitt Antonio einen Herzinfarkt. Antonio trat ohne Gage auf, alles sollte gespendet werden. Das Kinderheim freute sich jedes Mal, wenn Antonio persönlich vorbei kam, nun war er tot. „Antonio!", rief Petrus. „Antonio, Du hast den Menschen so viel Gutes getan. Hast sie mit deiner Musik beglückt. Aber viel wichtiger war, Du hast an die Menschen gedacht, die nichts hatten, Du hast fast dein ganzes Geld gespendet. Ich lass' Dir die Wahl, möchtest Du noch einmal auf die

Erde, mit Deinem Talent, mit Deiner Begabung? Oder möchtest Du durch das Universum reisen, die Geburten von Sonnen und Planeten beobachten, mit allen hier bei mir Dein Wissen und Deine Gefühle teilen?" Antonio entschied sich für ein weiteres Leben auf der Erde. „Na, das sind ja herrliche Aussichten", dachte sich Jack, der ebenfalls in der Reihe stand. „Maria!", rief Petrus. „Maria, Dein Schicksal war hart. So vielen Menschen hast Du geholfen. Babys zur Welt gebracht, Sterbende begleitet, warst immer da wenn Du gebraucht wurdest. Sage mir, was ist Dein Wunsch?" „Petrus, ich weiß es nicht, ich möchte wieder helfen, aber mein Schicksal als junge Frau war zu schlimm. Gib mir einen Rat, bitte", schluchzte Maria. „Nun, Maria, dann rate ich Dir, geh' einen ganz neuen Weg. Es warten so viele Freunde auf Dich. So viel Schönes ist im Universum zu sehen. Auch andere bewohnte Planeten, mit viel Gefühl und Liebe. Ich lass' Dich durch die Pforte. Du kannst als Geist jetzt, hier und überall sein. Finde, wonach Du suchst!", sagte Petrus. „Das wird ja immer besser!", staunte Jack. „Etwas Geduld, bitte", sagte Petrus. „Ich bitte meinen Engel Elisabeth zu mir. Elisabeth, hilf Roberta im Krankenhaus, dass sie überlebt. Sie wurde von Kugeln getroffen. Drei Kinder und ein lieber Ehemann brauchen sie dringend." „So, nun Sonja, bitte!", rief Petrus. „Kleine Sonja, Du hast noch alles vor Dir, die Erde ist so wunderbar. Ehepaar Hölzl in Österreich erwartet bald ein Kind. Nimm diesen Körper, in acht Monaten kommst

Du auf diese Welt zurück!" – „Jack, nun zu Dir!", rief Petrus. „Ja, Petrus, ich habe schon gewählt!", sagte Jack. „Nein, Du hast nichts zu wählen. Kleine Sünden lasse ich durchgehen. Jeder hat die Chance sich zu bessern, jeder kann ein guter Mensch werden. Aber Du hast Menschenleben auf dem Gewissen. Acht Menschen nahmst Du ihr Leben, nun nehme ich Deine Energie. Du wirst ausgelöscht!" Jack war einfach verschwunden, nichts erinnerte an den Mörder Jack. … … …

Jahre später wunderten sich viele Konzertbesucher über einen achtjährigen jungen Künstler, der unübertreffliche Klavierkonzerte zum Besten gab, ganz ohne Noten lesen zu können, einfach so.

Das hat er nun davon

In Wien hatten wir ein riesiges Unternehmen. Unsere Firma stellte Wurstwaren für ganz Österreich und darüber hinaus her. Uns ging es gut, besser gesagt, wir waren reich. Die Millionen häuften sich auf dem Konto und damit leider auch die Affären meines Mannes Gerd. Fremdgehen war für ihn zur Normalität geworden. Nicht nur das, nein er tat es offensichtlich, sodass ich sofort merken und sehen konnte, was Sache war. Einmal war es ein Mädchen aus dem Versand, dann wieder eine Büroangestellte oder die Kellnerin aus dem Pup an der Ecke. Kurz gesagt, dieser alte Sack war sexbesessen. Was bildete er sich denn ein? Schön war er nicht gerade und über die anderen Dinge, na ja, da möchte ich lieber nichts sagen. Aber mit Geld ist ja bekanntlich alles käuflich. Nur gut, dass wir keine Kinder hatten. Verpflichtungen in der Kindererziehung konnte ich nicht übernehmen, denn ich arbeitete in der Firma kräftig mit, war überall präsent und eine kompetente Ansprechpartnerin für die Angestellten. Mit meinen 55 Jahren sah ich noch recht passabel aus. Ich nutzte aber nie die Gelegenheit, dies auszunutzen. Obwohl die Versuchung schon manchmal groß war, zumal ich oft allein in den Urlaub fuhr. Irgendwann hatte ich die Nase voll von dem Treiben meines Mannes. Der Kerl konnte es einfach nicht lassen seine Geilheit auszuleben. Da er regelmäßig ein Herzstärkungsmittel einnehmen musste und zusätzlich noch Viagra schluckte, überlegte ich mir einen teuflischen Plan. Was wollte er eigentlich? Wollte er die ganze Welt befruchten? Eines Morgens, bevor er zum Frühstück kam, löste ich die dreifache Menge seines Herzmittels in etwas Saft auf und gab noch Sekt dazu. Ich fragte ihn anschließend ob er mit mir auf den Firmenerfolg der letzten Monate anstoßen wolle. Er willigte gern ein, denn in seinem Hinterkopf geisterte schon wieder die nächste Verabredung herum. Aber egal, es kam ja doch nicht mehr darauf an. Viagra brauchte er bald nicht mehr, das wusste ich. Kurze Zeit später sackte er bewusstlos vom Stuhl, fiel auf den Boden und war mausetot. Gott sei Dank hatte er mir nicht den neuen Perser versaut. Ich hatte ihn um die Ecke gebracht, wie man so schön sagt. Das hatte er nun davon, dieser Scheißkerl. Der Hausarzt stellte Herzstillstand fest und machte noch eine beiläufige Bemerkung: „Nahm er denn immer noch regelmäßig Viagra?" Er konnte sich das Schmunzeln nicht verkneifen, so schrecklich die Situation auch war. Die Trauerfeier fand nur im engsten Kreis statt. Aber erst als er schon verbuddelt war. Einen teuren Sarg und einen Marmorgrabstein sparte ich mir. Ich machte lieber einen schönen Urlaub von dem Geld. Ich war wieder glücklich, die Firma lief auch ohne ihn bestens. Leider bedachte ich nicht, dass ich eine Doppelgruft vor seinem Ableben gekauft hatte. Selbst, als ich krank wurde, verschwendete ich keinen Gedanken daran. In meinem Testament bedachte ich meine

Schwester und wohltätige Vereine mit ins Erbe. Aber meine Beerdigung sollte etwas Besonderes werden. Alle waren da. Freunde, Geschäftspartner und noch ein paar andere Leute, die ich nicht kannte. Ein Meer voller Blumen, und die Musik wurde gespielt, die ich vorher festgelegt hatte. Elvis sang, es war toll. Nun war es soweit. Sie ließen meinen schweren Eichensarg langsam hinunter. Eine schlimme Situation für mich. Nicht etwa, dass ich mich hier einquartieren musste, nein, er lag neben mir, welch ein Ekel. Sein billiger Sperrholzsarg war schon auseinandergefallen, sein Körper von Maden durchfressen. Ein Teil von ihm war noch relativ unversehrt. Noch nicht einmal die Maden hatten Interesse daran. Aber gut, ich war erst mal in Sicherheit in meiner Eichenbehausung und er hatte es nicht besser verdient, dieser sexgierige Sack. Für Geld konnte er sich alles kaufen. Nun ist es gut so, so wie es ist.

Brrr, es ist ziemlich kalt hier unten, schade dass es noch keine beheizten Särge gibt! Hi, hi, hi…

Die große Chance

Mein Weg führte mich durch Indian Springs, einer kleinen Ortschaft in Nevada. Ich hatte an diesem Tag bereits über 1.000 Kilometer abgespult, die Route 66 wäre mir lieber gewesen, aber mein Weg führte mich von Norden nach Süden. In meiner Aktentasche befanden sich Verträge, Schallplattenverträge, einige Künstler verlangten eben, die Verträge in ihrem Privathaus zu unterzeichnen. Na ja, sie konnten es sich noch erlauben, denn einige hatten nun wirklich keine Stimme. Aber das sollte nicht mein Problem sein, wenn ich einmal Plattenboss werden würde. Das würde jedoch wohl nichts mehr in diesem Leben werden. Die kleine Bar hatte noch geöffnet. Jetzt ein kühles Bier und etwas zu Essen, das wäre schön. Mal sehen, ob es in der Nähe noch ein Motel gab. Aber nicht in Bates Motel, der Film Psycho lief gerade in den Kinos, da würde ich jetzt lieber mit meinem Colt unter dem Kopfkissen schlafen.

In Marindas Bar fand ich alles, was ich suchte, mein Bier, vier Frikadellen und gute Musik. Ja, wirklich, eine vorzügliche Sängerin gab hier ihr Bestes. Mit jedem Lied, das ich hörte, schmolz ich mehr dahin. Da war dieses gewisse Extra in der Stimme, etwas Erotisches, etwas Leises. Dann wieder eine Kraft, eine Fröhlichkeit mit viel Power. Ich fragte Lisa, die etwa fünfzigjährige Wirtin eines verstorbenen Fliegers der Air Force, ob sie mich mit der Sängerin bekannt machen möchte. Mein äußeres Erscheinungsbild war wohl sehr positiv, denn die Sängerin kam in der Pause an meinen Tisch. „Hallo, mein Name ist Diana, Diana Miller", sagte sie.

Wir plauderten die ganze Nacht, immer in ihren Pausen sprachen wir über Gott und die Welt. Diese Frau faszinierte mich, ihr Gesang, ihre Stimme, ihr Aussehen. Nicht, dass ein falscher Eindruck entsteht, wir gingen um fünf Uhr morgens zu ihr, ich suchte kein Abenteuer, ich schlief auf ihrer Couch im Wohnzimmer. Um zehn Uhr frühstückten wir, ungeschminkt saß Diana am Tisch, bei Ei und Toast mit Marmelade. Was für eine schöne Frau! Würde ich sie wieder irgendwann sehen? Nach dem Frühstück fuhr ich nach Bakersfield. Wir verabschiedeten uns sehr herzlich.

Bei jedem Kilometer, den ich in meinem Chevy fuhr, wurde mir immer klarer, was für ein Juwel Diana war. Ich hätte noch so viele Fragen, ich fuhr schneller und schneller, wollte diesen Vertrag mit John unter Dach und Fach bringen. Jahn war Country-Sänger, hielt sich für Johnny Cash, aber da lagen Lichtjahre zwischen. Mein Problem sollte es nicht sein, ich dachte nur noch an Diana. „Willst Du einen Drink?", fragte John. „Danke nein, ich will Deinen Vertrag noch heute nach Los Angeles bringen, damit Du schnell zu Deinen Aufnahmen kommst", antwortete ich. „Hey, das ist ja sehr korrekt, so liebe ich es als Star!", entgegnete er. „Du Loser", dachte ich mir nur. Die Verträge übergab ich in Los Angeles der Agentur, nun ging es mit Höchstgeschwindigkeit zurück zu Diana.

Um acht Uhr abends saß ich in der Bar. „Hi, Lisa! Wann kommt Diana?", fragte ich. „Oh mein Gott, Du weißt es noch nicht? Diana hatte einen Autounfall. Der Typ war betrunken, fuhr schnell wie ein Henker. Diana wurde durch die Luft gewirbelt, direkt in die Schaufensterscheibe von Bill's Eisenwaren", sagte Lisa weinend.

Sofort fuhr ich die 250 Kilometer zum Krankenhaus in St. George. „Die Patientin hat tiefe Schnittwunden, einige Brüche und einen Schock", sagte der behandelnde Arzt. Tagelang saß ich an ihrem Bett, ich kündigte meine Stellung, ich suchte mir eine kleine Wohnung.

Drei Monate vergingen, Diana lachte mich immer an, wenn ich zu ihr kam, aber sie konnte nichts sagen. „Was ist mit ihren Stimmbändern?", fragte ich den Arzt. „Daran liegt es nicht. Sie hat einen schweren Schock", antwortete der Arzt. Ich saß nur noch an Dianas Bett im Krankenhaus. Immer wieder erzählte ich ihr aus meinem Leben, alles, was mir so einfiel. Ich erzählte, dass ich eine Frau suchte, eine Frau wie sie es war. Es würde so schön sein, wenn der Pfarrer fragen würde: „Möchten Sie Diana zur Frau nehmen?"

Tage vergingen, ich sprach immer wieder von Heirat und Zukunft. In meinem Kopf war alles aufgebaut, die Zukunft begann zu leben, aber noch lag Diana im Krankenbett und lächelte mich an. Irgendwann, es war Montag oder Dienstag, schlief ich an ihrem Krankenbett ein. „Ja!" Ich wurde wach, dachte, dass ich noch träumen würde. „Ja!", sagte Diana. Einfach nur „Ja!"

Ich konnte mein Glück kaum fassen. Jetzt war ich der glücklichste Mann auf dieser Welt. Aber es steigerte sich nochmals. Wir heirateten in Las Vegas. Mit meinen Verbindungen in die Plattenindustrie machte ich aus Diana einen Star in Las Vegas. Heute sang sie jeden Abend vor ausverkauftem Haus. Die zweite LP unseres Labels „Gradon Music" ist in Arbeit. Wir sind unendlich glücklich. Jeden Abend wird meine Frau angekündigt mit: „Applause for the great Diana Gradon!"

Die letzte Fahrt

Stolz und erhaben stieg Roger King aus seinem Silberpfeil. Schon wieder fuhr er ganz vorn mit und konnte als Sieger des Rennens gefeiert werden. Eigentlich wollte er schon vor ein paar Jahren aus dem Motorsport aussteigen. Er hatte alles erreicht was er wollte. Trotz seiner 40 Jahre bekam er einfach nicht die Kurve. Er sagte immer zu seiner Frau: „Emelie, der schönste Tod für mich wäre, wenn ich in meinem Rennwagen sterben würde." Er, seine Frau und die die Kinder lebten in Texas. Sie hatten ein großes Hotel und mehrere gut gehende Juweliergeschäfte. Doch das Risiko auf der Rennbahn und der Nervenkitzel, der ihn jahrelang begleitete, ließen ihn nicht mehr los. Emelie bettelte vor jedem Rennen und appellierte an seine Vernunft. Leider tat Roger, was er dachte tun zu müssen. Er merkte noch nicht einmal, dass seine Teamkollegen ihn manipulierten und nachts an seinem Wagen herumschraubten. Sie versuchten alles, um ihm die Arbeit im Team zu erschweren. Da er sehr viel von Technik verstand und seinen Wagen vor jedem Rennen überprüfte, konnte er das Schlimmste verhindern. Der Startschuss fiel. Mit quietschenden Reifen und qualmenden Motoren fuhren sie los, Runde für Runde. Die Spannung stieg. Noch immer hatte Roger King so viele Anhänger unter dem Publikum, dass es ihm gerade jetzt noch mehr Antrieb gab, weiter zu machen. Davon konnte ihn auch seine Frau nicht abhalten. Die sechste Runde wurde abgewinkt und die Spannung stieg. Doch Roger fuhr dieses Mal nicht vorne mit. Sein Auto wurde immer langsamer. Die Bremsen blockierten etwas. Er drückte weiter auf die Tube, was das Zeug hielt. Doch er gab immer noch nicht auf. Er wollte wieder als Sieger auf dem Treppchen stehen. Er merkte nicht, dass der Motor schwarze Rauchwolken ausstieß. Er merkte auch nicht, dass der Motor Feuer fing. Öl spritzte aus dem Motor. Er kam von der Bahn ab, versuchte, als das Auto ins Schlingern geriet, gegenzulenken und knallte mit voller Wucht in die am Rande aufgeschichteten Sandsäcke. Ihm geschah zum Glück nichts. Emelie rannte auf die Rennbahn. Sie wollte zu ihrem Mann, dachte das Schlimmste. In diesem Augenblick erfasste ein Rennwagen Emilie, schleuderte sie einige Meter durch die Luft … Sie war sofort tot. Roger musste eingeklemmt in seinem Wrack alles im Seitenspiegel mit ansehen. „Emilie, das wollte ich nicht, das wollte ich nicht. Hätte ich doch bloß auf dich gehört", schluchzte Roger. Es war Rogers letzte Rennen. Viele Jahre noch bildete er Fahrer im Sicherheitstraining aus, aber seine wichtigste Regel war: „Beobachtet immer den Straßenverkehr, ob als Autofahrer oder Fußgänger, denn die Wagen sind schnell, verdammt schnell!"

Ein unglaublicher Zufall

Die großen Sommerferien 1932 hatten begonnen. Ich freute mich schon sehr darauf, meine Großeltern in Kampen auf Sylt besuchen zu können. Mein Name ist Gerda Schmitt, mit zwei T. Wir waren nicht sehr reich, erst viel später erklärte mir mein Vater, dass er bei der Weltwirtschaftskrise 1929 sehr viel Geld verloren hatte. Meine Oma und mein Opa hatten auf der Insel ein schönes kleines Häuschen mit Reetdach und ihre gute Rente. Oma schickte mir immer Taschengeld zu. Mutti packte alle meine schönsten Sachen ein. Nach langer Bahnfahrt erreichten wir den Hafen Hoyer Schleuse in Dänemark. Ein Raddampfer brachte alle Gäste auf die Insel. Es war ein schöner Sommertag, aber sehr stürmisch. Meine Puppe Mimi hielt ich fest im Arm. In Munkmarsch brachte mich die Sylter Inselbahn nach Westerland. Dort holte mich Opa Wolfgang mit seiner Pferdekutsche ab. Jetzt freute ich mich riesig, Oma Annemarie wiederzusehen. Von weitem roch ich schon den leckeren Apfelkuchen. Ach, es waren wunderschöne Ferien. Viel zu schnell gingen sie vorbei. Als Oma meine Reisekoffer packte, wollte sie ein Armband darin verstecken. Es sollte ein Geschenk an Mutti sein. Opa meinte aber, sie sollte es lieber der Puppe anlegen, dann würde niemand glauben, dass es echt sei.

In Munkmarsch musste ich lange auf den Raddampfer warten. Ich holte meine Puppe aus dem Koffer und spielte mit ihr. In den Sonnenstrahlen funkelten die Steine im Armband. Es war wieder sehr stürmisch.

Plötzlich ging alles sehr schnell, der Raddampfer legte an und wir mussten uns alle beeilen. Der Raddampfer machte ein großes Getöse. Ich schaute mir die riesigen Schaufelräder an und da passierte das Unglück. Meine Puppe fiel über Bord. Meine Oma erwähnte das Armband niemals gegenüber meiner Mutter. Ich war noch sehr oft bei meinen Großeltern gewesen.

Mittlerweile war ich verheiratet. Mit meinem Mann eröffnete ich ein Geschäft für Haushaltswaren, wir waren hochverschuldet. Ausgerechnet jetzt starben meine Großeltern. Opa Wolfgang starb nur fünf Wochen nach Oma. Ich erbte ihr mit Reed gedecktes Haus. Viele schöne Erinnerungen verband ich mit dem Haus. Es roch wieder nach Apfelkuchen, ich meinte es zumindest. Trotzdem würde ich wohl das Haus notgedrungen verkaufen müssen.

Traurig ging ich am Strand von Wenningstedt spazieren. Ich ging auf das Rote Kliff zu. Ich weiß nicht, wie ich es erklären soll, vielleicht gar nicht, vielleicht glaubt man mir auch nicht, vielleicht macht sich jeder seine eigenen Gedanken. Aber bei einem Gebet, ja es war mehr, es war ein Gespräch mit Oma, spülte eine große Welle meine Puppe mit dem Armband an den Strand. Ich konnte mein Glück kaum fassen, bedankte mich tausend Mal bei Oma im Himmel. Das Armband war aus 750'er Gold und bestückt mit Brillanten von über 15 Karat. Das Erbe konnte ich nun annehmen. Auch unser Geschäft konnten wir vergrößern.

...

Nun haben wir das Jahr 2015. Wir wohnen seit langem in Oma und Opas Haus in Kampen. In zwei Tagen erwarten wir unsere drei Enkelkinder. Wir freuen uns sehr.

Glück im Unglück

Norberts Leben lief im Grunde genommen monoton ab. Morgens um 6 Uhr schellte sein Wecker, danach erledigte er die Morgentoilette, warf bei einer Tasse Kaffee einen Blick in die Zeitung, danach fuhr er zu seiner Arbeitsstelle. Jeden Morgen das gleiche Ritual. Jeden Morgen die gleiche Musik im Autoradio. Sein alter Opel aus den 1970er Jahren war sein bester Freund. Die Rockgruppe The Sweet gehörten zu seiner Familie. Norbert war nie verheiratet. Sehr gern hätte er sich eine Partnerschaft gewünscht. Mit jemandem zu sprechen, zu lachen, etwas zu unternehmen, ach, das wäre zu schön gewesen.

Als Schulbusfahrer war Norbert sehr diszipliniert. Kinder und Eltern mochten ihn, streng wurde Norbert nur dann, wenn es im Bus eine Keilerei unter den Schülern gab oder jemand unbedingt ein Herz in die Polster ritzen wollte, mit den Initialen seiner großen Liebe.

An der Luisenstraße bog der Bus links ab, wie üblich schaute Norbert nach rechts, die Bahn war frei, noch drei Haltestellen, dann war Norbert seine Bande wieder los. Er schaute schon zur nächsten Haltestelle, als es plötzlich krachte. Die Kinder wirbelten umher, die ganze rechte Seite war eingedrückt. Der rote Wagen drang bis zu Norberts Fahrerplatz ein.

„Wo ist der kleine Markus?", schrie Norbert. Markus, Schüler der ersten Klasse, wurde eingeklemmt. Vier Schüler verletzten sich schwer. Markus war gelähmt. Norbert fühlte sich unendlich schuldig. In der Gerichtsverhandlung vermutete man, dass Norbert abgelenkt gewesen war. Der Fall zog sich hin. Von dem Tag an, war nichts mehr so wie immer. Norbert wurde krankgeschrieben. Der Kaffee schmeckte ihm morgens nicht mehr. Ein Brechreiz beim Zähneputzen, er stand einfach nicht mehr auf. Gedanken schossen durch seinen Kopf, sie waren einfach da, er konnte sie nicht steuern. Es lief doch alles so gut in Norberts Leben. Jetzt fehlte ihm erst recht eine Partnerin, die zuhörte, die ihn verstand, die da war, einfach nur da war. Jeden Tag schaute Norbert nun ins Leere. Die Gedanken kamen und gingen, völlig ungesteuert.

Norbert wurde allmählich depressiv, er suchte immer mehr den Sinn des Lebens. Immer wieder erkundigte sich Norbert nach den Kindern, vor allem nach Markus. Norbert hatte entweder einen guten Tag oder einen schlechten. Innerhalb von Sekunden konnte ein guter Tag kippen, dann waren sofort wieder diese Gedanken da. Der Druck wurde unerträglich. Nach außen schien Norbert gefasst, aber seine Gedanken kreisten immer mehr um Abschied – Abschied vom Leben. Eines Morgens ging Norbert zielstrebig in seine Garage. Er schloss den Wasserschlauch an den Auspuff seines

Autos an, umklebte die Verbindung mit Isolierband und legte den Schlauch durch das Seitenfenster auf der Beifahrerseite. Auch hier klebte Norbert alles gut zu. Durch seine Schlaflosigkeit wurden Norbert Beruhigungs- und Schlaftabletten verschrieben. Die hatte er in seiner Hemdtasche, auch eine Flasche Wasser. Er setzte sich in sein Auto und hörte sich seine Lieblingsmusik an. *Ballroom Blitz* spielte von The Sweet, während Norbert sein Leben vor seinem Dritten Auge betrachtete.

Kommissar Keller – seine Tochter Angelika saß ebenfalls im Unglücksbus – suchte jede freie Minute nach Antworten. Er kannte Norbert als sehr umsichtigen Fahrer. Wieder stand er an der Kreuzung und beobachtete den Verkehr. Ein älter Herr kam auf ihn zu und schilderte: „Hier treiben sich immer einige Gestallten herum, die die Kreuzung fotografieren und beobachten. Sie tragen auch Stoppuhren bei sich. Da müssen Sie einmal Nachforschungen betreiben, Herr Kommissar." Tatsächlich beobachtete Kommissar Keller nach einer Stunde drei Männer, die sich Zeichen gaben und mit Stoppuhren die Lage sondierten. Kommissar Keller orderte Verstärkung.

Die Männer wurden festgenommen, eine Hoffnung im Fall Schulbus kam auf. Diese frohe Botschaft wollte Kommissar Keller gleich Busfahrer Norbert überbringen. Vor der Garage parkte der Kommissar seinen Einsatzwagen. Bereits beim Aussteigen roch er giftige Abgase. Ohne zu zögern stieg er in seinen Einsatzwagen, fuhr drei Meter zurück, um Anlauf zu holen und durchbrach das hölzerne Garagentor. Er hielt die Luft an und schleppte mit letzter Kraft Norbert aus seinem Auto. Sofort begann er Norbert zu versorgen, sendete einen Funkspruch ab und pumpte immer wieder Luft in Norberts Lungen. Norbert wurde gerettet, den Kindern ging es wieder gut, Markus kam noch mit Krücken in die Schule, aber es ging bergauf, die drei Männer gestanden, Versicherungsbetrügereien begangen zu haben. Alles in allem bleibt zu sagen: Glück im Unglück!

Im Alten Berlin um 1900

Sprichwörtlich ist das Berliner Tempo. Um 1905 lebten mehr als zwei Millionen Menschen in Berlin und Fahrzeuge aller Art belebten das Straßenbild. Von den Trams, elektrischen Wagen und Droschken, Drei- und Zweirädern sah man viele herumfahren. Ein sehr lautes Getöse, das für den Provinzler kaum auszuhalten war. Die ersten Straßenbahnen fuhren, Geschäfte und Gastwirtschaften schossen wie Pilze aus dem Boden. Heinrich Zilles Milieu lebte. Alle waren glücklich und zufrieden. Zilles Bilder spiegelten das einfache Hinterhofleben wieder. Der typische Berlinerische Dialekt gehörte natürlich dazu. In dieser Zeit stand Berlin in voller Blüte. Die Industrie wuchs enorm. Es gab kaum Arbeitslosigkeit und ein pralles Nahrungsangebot war vorhanden. Die Einwohnerzahl stieg, da hier immer mehr Menschen aus dem Ausland leben wollten. Konstanzes Schneiderei am Potsdamer Platz florierte und klein Erna sah immer gern dem Leierkastenspieler zu, der in den Hinterhöfen für einen Groschen spielte. Dabei rutschten ihr die Strümpfe herunter und verträumt lutschte sie an ihrem Daumen. Im Theater am Kurfürstendamm sang Josefine vor. Sie war gerade mit dem Gesangstudium fertig. Sie hatte eine herrliche Sopranstimme. Josefine war zwanzig Jahre jung, sah blendend aus und strahlte sehr viel Lebensfreude aus. Keiner wusste von ihrem

Geburtsfehler. Geschickt konnte das Mädchen sein Problem verbergen. Mit langen Kleidern ging es gut, die Aufmerksamkeit auf andere Dinge zu lenken. Sie war sehr schön, hatte eine prächtige Stimme und eine gewaltige Ausstrahlung. Josefine bekam ohne Umschweife die Anstellung. Talentiert, wie sie war, bekam sie bald schon einige Angebote aus dem Ausland. Doch die junge Frau wollte nicht aus ihrer Heimatstadt heraus. Sie war aus gutem Hause. Ihre Eltern – Baron und Baronin Bergedorf zu Lippstein – bewohnten ein großes Herrenhaus in Charlottenburg. Josefine hatte dort eine ganze Etage für sich, mit herrlich eingerichteten Zimmern. Nein, warum sollte sie jemals ausziehen? Das Theater am Kurfürstendamm war ständig ausverkauft, denn alle lagen der jungen Sopranistin zu Füßen. Josefine sonnte sich in ihrem Ruhm und ihre Eltern waren stolz auf sie. Einige Jahre vergingen. Die Entwicklung Berlins ging rasant weiter. Josefine war mittlerweile eine gefragte Künstlerin und das Theater platzte jedes Mal aus allen Nähten, wenn sie auftrat. Doch eines Tages wurden ihre Eltern krank. Erst der Vater, der schließlich an einer Lungenentzündung starb und den sie bis zuletzt pflegen musste. Kurze Zeit später wurde die Mutter schwer krank und musste gepflegt werden. Es vergingen wieder Jahre. Jahre der Pflege und des Stillstandes ihrer Karriere, denn während sie sich um ihre Eltern kümmerte, konnte sie nicht auftreten. Josefine sah man an, dass die Jahre nicht spurlos an ihr vorübergegangen waren. Sie wurde in einigen Monaten 26 Jahre alt und hatte, trotzdem sie lange nicht sang, ihre Stimme nicht verloren. Sie sprach und sang wieder im Theater am Kurfürstendamm vor. Und abermals nahm man sie auf und stellte sie an. Der Erfolg kam zurück. Doch die Aufführung von Tristan und Isolde würde sie so schnell nicht vergessen. Während des zweiten Aktes, sie sang gerade ihre Arie, schrie jemand laut durch die Zuschauermenge: „Von der Bühne runter, einen Krüppel wollen wir nicht sehen!" Ein entsetztes Raunen ging durchs Publikum. Dann wieder der gleiche Zwischenruf. Dieses Mal noch lauter: „Hau' endlich ab, wir brauchen Dich nicht!"

Josefine hörte es, rannte von der Bühne und verbarrikadierte sich in ihrer Kabine. Sie weinte laut und beruhigte sich nicht. Mit einem Mal waren alle ihre Zukunftspläne und ihr Selbstvertrauen zerstört. Sie ging aus dem Theater und lief kopflos auf die Straße. Josefine merkte nicht, dass hinter ihr ein junger Mann, elegant gekleidet und dazu noch gut aussehend, herlief. Er versuchte sie zu beruhigen. „Hallo, Fräulein Josefine, bleiben Sie doch stehen, warten Sie, ich möchte mich bei Ihnen vorstellen." Die Sopranistin drehte sich um und traute ihren Augen nicht. Was für ein Mann, dachte sie. Das kann es doch eigentlich gar nicht geben. Diese Schönheit war kaum zu fassen. Sie blieb stehen und trocknete schnell mit einem Seidentaschentuch ihre Tränen. Sie wollte nicht, dass dieser Herr sie so sah. „Ja, ja stotterte", Josefine, „schon gut, wer sind Sie denn?" Der elegante Herr antwortete: „Ich will mich vorstellen. Mein Name ist Konsul Brinkhaus. Ich besuche regelmäßig Ihre Vorstellungen und bin von ihrer Schönheit und natürlich von Ihrer Stimme begeistert." „Aber warum laufen Sie mir nach? Mir kann doch niemand helfen. Und auf diese Bühne gehe ich nicht zurück. Ich schäme mich so." „Josefine", sagte Konsul Brinkhaus. „Bitte hören Sie mir mal zu. Ich bin der Meinung, dass es schändlich ist, was da passierte. Was dieser Mensch sich dabei gedacht hat, weiß ich nicht, aber ich weiß eines: Sie sind jung, schön und unglaublich talentiert. Ihre Stimme hat einen besonderen Klang. Etwas Liebliches klingt darin mit, wenn Sie singen. Darum bitte ich Sie, weiterzumachen. Nehmen Sie keine Rücksicht auf diese Neider. Sie hassen, weil sie selbst nicht erfolgreich sind. Das hat wenig mit Ihnen zu tun." „Herr Konsul, wenn ich Ihnen doch nur glauben könnte." „Josefine, das können Sie. Außerdem bitte ich Sie, mich bei meinem Vornahmen zu nennen. Ich heiße Lorenz. Ich habe längst erkannt, was in Ihnen steckt und ich sah Ihre Behinderung, die aber für mich nicht existiert, da ich mich …" Er stockte und wollte nicht weiter reden. Josefine errötete heftig und wäre am liebsten ganz tief in den Erdboden versunken. „Lorenz wissen Sie, ich wurde so geboren und bin damit bisher gut durchs Leben gegangen. Meine Eltern sind kurz nacheinander verstorben. Ich hatte sie gepflegt, sie waren krank. Nun wohne ich allein in dem großen Herrenhaus in Charlottenburg und wollte mir den Traum von der großen Operndiva erfüllen. Aber ich bin erst mal schockiert." „Darf ich Sie zum Essen einladen?", fragte Konsul Brinkhaus. „Natürlich dürfen Sie", sagte Josefine. „Schon allein deswegen, weil Sie so liebenswürdig sind und mich aufheitern wollen." „Gut", sagte Lorenz, „dann treffen wir uns morgen im Restaurant Unter den Linden um 18 Uhr?" „Das ist mir recht", entgegnete die junge Frau. „Und nun", sagte Brinkhaus, „gehen wir gemeinsam zurück zum Theater und reden mit den Leuten." Josefine war einverstanden. Am nächsten Tag trafen sie sich zum Essen und die Stimmung zwischen ihnen war locker und freudig. Josefine ging aus sich heraus und war noch nie so mit sich im Reinen. Sie fühlte etwas Wunderbares. Konsul Brinkhaus war sehr witzig und seine lockere Art gefiel ihr ausgesprochen gut. Josefines Selbstwertgefühl stärkte sich wieder. Sie trafen sich nach fast jeder Vorstellung und Lorenz gestand ihr seine Liebe. „Auch ich finde Sie sehr liebenswert. Jedoch, um Sie zu lieben, benötige ich noch etwas Zeit." Der Konsul hatte Verständnis und wartete. Bis dann doch eines Tages der Zeitpunkt gekommen war, um ihr einen Heiratsantrag machen zu können. Sie heirateten prunkvoll und viele Gäste kamen zur Hochzeit. Das Herrenhaus von

Josefine verkauften sie und beide zogen in die Villa des Konsuls. Josefine und Lorenz bereisten die ganze Welt, denn die Stimme der jungen Frau war überwältigend und alle lagen ihr zu Füßen. Sie wurden sehr glücklich und das Leben im alten Berlin ging weiter. Zille malte seine Bilder, der Verkehr auf den Straßen wurde immer rasanter, die Gartenlokale und Geschäfte florierten. Konstanzes Schneiderei konnte sich vor Aufträgen kaum retten. Es ist immer wieder eine Freude, aus dem alten Berlin zu berichten, denn diese schöne Zeit werden wir stets in guter Erinnerung behalten.

Verlobung in Westerland – 54,9°

Es war alles von Frank geplant, bis ins kleinste Detail setzte er alles um. Der Morgen war sonnig, es würden heute laut Wetterbericht 32 Grad werden. Bärbel hatte gestern Abend bereits die Koffer gepackt. „Kümmere Dich nur noch um Deine Akten, Liebster", sagte Bärbel. Frank war Makler, traf sich im Hotel Miramar zu einem wichtigen Termin, so sagte er es auf jeden Fall zu Bärbel. Bärbel und Frank waren nun bereits zwei Jahre befreundet, eigentlich mehr als befreundet. Die Fahrt von Frankfurt bis zum Elbtunnel in Hamburg war für Frank ein Kinderspiel. Zunächst ging es bei flotter Musik und 130 auf dem Tacho rasch vorwärts. Doch standen sie nach fünf Stunden mitten im Morgenverkehr vor dem Elbtunnel im Stau. „Das kann dauern", murmelte Frank. Im Radio liefen „Deutsche Schlager".

„Auch nicht so mein Ding", ergänzte Frank. Ein Klick auf das Radio und der MP3-Player spielte Bärbels Lieblingsmusik. Gegen dreizehn Uhr standen sie dann endlich auf dem Autozug, der sie nach Westerland bringen sollte. Die ersten zwei Tage auf der Insel verliefen prächtig. „Morgen ist unser Jahrestag", sagte Bärbel. „Ja, schade, dass ich morgen Abend den Termin wahrnehmen muss, wir feiern unseren Tag nach, Darling", entschuldigte sich Frank. Mit einem herrlichen Frühstück begann der nächste Tag. Beide machten einen schönen Ausflug nach List. Sie bummelten durch die Alte Tonnenhalle, kauften dieses und jenes und saßen lange im Fischrestaurant. „Tja, um acht Uhr heute Abend vor zwei Jahren trafen wir uns das erste Mal. Ausgerechnet heute Abend bin ich nicht da", sagte Frank traurig. „Ich warte im Strandkorb am Strand auf Dich, Liebster. Beeile Dich bitte, wenn Du kannst", sagte Bärbel mit trauriger Stimme. Gegen Abend packte Frank seine Aktentasche, ganz schön ausgebeult war sie. „Das sieht aber nach langen Verhandlungen aus", sagte Bärbel. Sie ging zum Strand und setzte sich in den gemieteten Strandkorb mit der Nummer 348.

Gegen 19:50 Uhr zog eine schwarze Wolke auf. Es war aber immer noch. Pünktlich um 20 Uhr schlich sich Frank heran und überraschte Bärbel. Er kniete sich vor Bärbel und öffnete den Aktenkoffer. Eine Flasche Sekt und zwei Gläser waren darin, sowie ein kleines Päckchen. Während er das Päckchen öffnete, sagte er mit leiser Stimme: „Die Ringe sind erst vor 20 Minuten graviert worden, willst Du meine ..."
Plötzlich verspürte Frank einen Stich in der Brust und sank zusammen. Er merkte, dass eine Kugel ihn getroffen hatte. Sein Militäranzug war voller Blut. Sanitäter eilten herbei. „General, General, wir werden alles tun um Sie zu retten!", schrie der Sanitäter. Die Welt sah düster aus. Bomben fielen auf die Stadt. Sirenen heulten. Der Himmel war blutrot.

„Was passiert hier? Wo bin ich?", stammelte Frank. „Die Gegner haben uns bis hierher zurückgetrieben. Wir sind am Standort Breitengrad 54,9. Die Stadt Negrell ist verloren. General, General ..." Frank starb in den Armen des Sanitäters.

„Entschuldige, Darling. Ich hatte einen schlimmen kurzen Traum", Frank stützte sich am Strandkorb ab und fuhr fort: „Willst Du meine Frau werden?" Bärbel war überglücklich und antwortete mit einem „Ja".

Es war der 8. April. Genau um 20 Uhr 7 überlagerten sich zwei Parallelwelten genau am Breitengrad 54,9 und dem Längengrad 8,3. Frank starb in der Parallelwelt Gentogra in der Stadt Negrell und verlobte sich auf der Erde, in Westerland auf Sylt.

Drei nette ältere Herren

Es ist Freitag. Wie an jedem Freitag, treffen sich Karl, Ernst und Willi zu ihrer Männerrunde im Restaurant. Es wird Kaffee getrunken und geklönt über Gott und die Welt. „Mein Sohn hat sich ein Trecking-Rad gekauft, das ist ja ganz etwas anderes als ein Mountainbike!", sagt Willi. „Willi, ich fahre noch mit der alten Drei-Gang-Schaltung. Erzähl', wie läuft das Rad denn so?", fragt Ernst. Und so gingen die Gespräche weiter, vom Fahrrad über den gestern gesehenen Film, bis zu Fußball. Karl, Ernst und Willi sind auch ausgesprochenen Fans dieser Sportart. Nun ja, eigentlich tut dies alles nichts zur Sache. Es wäre auch irgendwie langweilig. Die drei Männer kommen immer mit dem Bus zum Restaurant. „Lass' uns Omi 32 nehmen, dann geht es schon mit unseren Gesprächen sofort los.", schlug Karl vor vielen Jahren vor. Karl meinte damit die Linie 32 im gelben Omnibus. Er stieg zuerst ein. An der Luisenstraße stieg Ernst dazu. Zuletzt Willi an der Ecke Bismarckstraße/ Ernst Becker Weg.

Gegen 12 Uhr 30 beenden die Herren ihre Runde. 3 Mal das kleine Frühstück, ein Mettbrötchen für jeden extra und viel Kaffee sind vertilgt. Würden sie das große Frühstück nehmen, so könnten sogar noch etwas einsparen. Aber egal, wie gesagt, es tut nichts zur Sache.

Der Omnibus der Linie32 in Gelb mit der Werbeaufschrift der Konditorei Meiering und Mehlmann kam pünktlich, wie immer. Aber auch wie immer waren Karl, Ernst und Willi die einzigen Fahrgäste. Busfahrer Kurt wird schon lange per „du" begrüßt. Außerhalb des Ortes geht es bergauf. Rechts geht es einen Hang hinunter, bis zu einer grünen Wiese. Am Ende eine Baumreihe säumt die schöne Allee zum Weckenberg. Karl, Ernst und Willi plauderten gerade über die Einbruchsserie im Dorf. „Gert Hoffmann muss einfach mehr auf Streife gehen.", sagt Willi, „früher gab es das nicht!"… „Ja, früher.", sagt Ernst. In diesem Augenblick gab es einen gewaltigen Knall. Ein Reifen platzte. Der Bus kam von der Straße ab, holperte direkt über die Wiese. Der Bus überschlug sich nun mehrfach. Die Männer wirbelten umher, starben noch bevor der Bus vor den Bäumen zum Liegen kam. Der Busfahrer überlebte…

„Ja, früher war alles besser.", sagt Ernst… über den Dingen stehend. Karl und Willi stimmten zu: „Genau, so war es."

Fünf Stunden Angst

Der Flughafen im Osten Amerikas war immer gut besucht. Er lag auf dem Weg in ein Erholungsgebiet. Heute ist Samstag 11 Uhr 30. Eine Schlechtwetterfront ist zwar angesagt, aber es würde wohl eher vorbeiziehen. Die Kinder spielten freudig im großzügig eingerichteten Flughafen. Das Restaurant öffnete gerade zum Mittagstisch. „Wie immer.", sagt Joe zu seiner Frau, „die Kinder wollen Burger!"

Plötzlich verschwand die Sonne, es wurde dunkel. Eine riesige, schwarze Wand kam auf sie zu. Furchteinflößend. Von den 16 Grad an diesem Spätherbsttag sank das Thermometer auf -1 Grad. Schneegestöber, Hagel, ein weiterer Temperaturabfall auf -10 Grad. Die grellen Blitze waren beängstigend. Die letzte Nachricht aus dem Tower eines großen Passagierflugzeuges war: „Notlandung in 15 Minuten." Danach fiel der Strom aus. Die Notbeleuchtung und die Notausgänge funktionierten.

Schreie, ein wildes Herumlaufen. „Mami, Mami!", rief Angela, Joes Tochter. Das Flugzeugpersonal berechnete von Hand den Kurs der Maschine. „Mein Gott", sagt Dean Ricks. „die Maschine wird den Flughafen treffen. Auf der vereisten Rollbahn kann sie nicht bremsen." Dean rannte los, um die Menschen im Flughafen zu warnen und zu evakuieren. Noch 11 Minuten. Es waren jetzt – 17. Grad. In der Flughafenhalle organisierte Dean die Evakuierung. „Und dann?", sagte Joe. „was machen wir im Freien bei der Kälte?" Joe war Stuntman. Er überflog mit seinem Trans-Am mehr als 80 Meter über geparkte Autos. Joe überlegte und hatte eine Idee. Nun rief Joe die Autobesitzer auf, eine Mauer aus Autos zwischen dem Flughafen und der ankommenden Maschine zu bauen. „Denkt an die Kinder!", rief er noch. Einige Menschen folgten dem Flugpersonal ins Freie. Jetzt waren es -19 Grad. „Unmöglich mit T-Shirt!", rief Kathy. „zurück in das Gebäude!"

Joe startete mit 50 Männern und ihren Fahrzeugen zur Landebahn. Dean hatte ihnen vorher die Landebahn angegeben. Noch 8. Minuten bei – 22. Grad. Alle Fahrzeuge wurden quer zur Landebahn aufgestellt. Einige fahren gleich von der vereisten Landebahn in die Wiese, mit mittlerweile 20 cm Schnee, andere starteten erst gar nicht, 2 flüchteten mit ihren Familien Richtung Westen. Die Männer verließen die Fahrzeuge und schlenderten zum Flughafen. Die Fahrzeuge verschwanden im Dickicht des Unwetters. Donnernde Geräusche. Nun müsste die Maschine kommen. Sie war überfällig. Plötzlich schoben sich die Fahrzeuge ineinander, ein Krachen, Turbinenheulen des Flugzeugs, Donnern, Explosionen. Jetzt sah man die riesige Nase des Passagierflugzeuges. Das Fahrwerk, zerbrach. Noch 18 Meter bis zum Flughafengebäude,

15 Meter, 8 Meter, das erste Auto wurde quer durch die Flughafenscheibe gedrückt. Die Menschen schreien, laufen wild umher. Dann wurde es ruhiger, aber es gab keine weitere Explosion. Alle überlebten diesen Horror-Unfall. Verletzte gab es, aber das heilt.

Es ist immer noch Samstag. Jetzt 17 Uhr und die Sonne scheint wieder.

Alterslos waren sie

Beide waren um die 50 Jahre. Aber niemand sah ihnen an wie alt sie waren. Unglaublich aber war, sie sahen aus wie zwei 20 jährige Teenager. So gaben sie sich auch. Kleideten sich flippig und jugendlich. Redeten überlegen und auch oft albern. Wo kamen sie her? Wer waren sie? Sie wussten es selbst nicht genau. Zwar kannten sie ihren Geburtsort. Hatten beide ein aufregendes und zum Teil auch schlimmes Leben hinter sich. Trotzdem hatten sie das Gefühl irgendwo aus einer anderen Dimension zu kommen. Unglaublich waren ihre Gedanken und das Wissen über die Welt und alle Zusammenhänge. Unglaublich auch die Gespräche, die immer mehr in eine ferne Richtung gingen. Eine Richtung, die nur Julia und Lukas kannten. Ja, sie waren etwas Besonderes. Sie waren anders. Nicht nur im Aussehen und Denken, sondern auch in den Tiefen ihrer Herzen. Sie hatten Sehnsucht. Sie sehnten sich nach etwas, was sie noch nicht definieren konnten. Doch sie glaubten fest daran, nicht von der Erde zu sein. So unglaublich es auch klingt. Sie schafften sich ein kleines Paradies. Ein Zimmer, das ihnen heilig war. Sie schmückten es mit schönen Dingen aus. Ein Kamin knisterte am Abend, wenn sie sich dort hin zurückzogen. Leise, romantische Musik ertönte aus der Musikanlage und lud zum Träumen ein. Das abendliche Glas Wein gehörte auch dazu. Jeden Abend ab 8 Uhr zogen sie sich darin zurück. Sie legten sich zusammen und ihre Gedanken entflogen in eine andere Welt. Immer wieder mussten sie feststellen, dass sie nicht älter im Aussehen wurden. Sie entdeckten immer wieder Gemeinsamkeiten. Das Verlangen und die Liebe füreinander wurden immer intensiver und tiefer. Auch das Verlangen, gemeinsam in eine andere Welt zu gehen wurde größer.

Doch eines Abends, als sie in ihr Paradies eintauchen wollten, fanden sie nicht ihr Zimmer vor, sondern eine rotes Raumschiff auf einem riesigen Platz. Ein mit Glitzerstaub umhülltes Lichtwesen kam eine Leiter herunter gestiegen, besser gesagt, es schwebte. Es sagte mit der Kraft seiner Gedanken: „Bitte kommt nach Hause, Eure Zeit ist abgelaufen. Ihr habt gezeigt was Liebe wirklich bedeutet und den anderen vorgelebt. Ihr habt es wirklich verdient wieder in die Welt zu gehen, die eure Heimat ist." Julia und Lukas waren glücklich und stiegen ins Raumschiff. Es flog hoch und machte einen Satz nach oben… bis es verschwand. Wenn man nun vermutet, sie nicht mehr wieder zu sehen, dann irrt man sich. Einmal im Jahr, im Spätsommer, gehen sie Arm in Arm auf der Erde spazieren und werden jedes Mal bewundert, wie toll beide aussehen. Außerdem wollen sie als Beschützer der Liebenden immer an Ort und Stelle sein, wenn sie gebraucht werden. Trotzdem sind sie jedes Mal froh wieder zu ihrem Heimatplaneten fliegen zu können.

Am Rande der Verzweiflung

Lange Zeit, über Jahre hinweg, lief die große Firma von Hartmut Schulte sehr gut. Wurst und Fleischwaren bester Qualität wurden produziert und vertrieben. Die Abnehmer waren Großunternehmen, sowie kleinere Firmen. Landesweit hatte Schulte einen Namen und seine Produkte waren einzigartig gut. Finanziell waren er und seine Frau gut abgesichert. Josefa Schulte half oft in der Firma mit. Abrechnungen und Buchführung waren ihre Stärke. Margot Braun, eine Nachbarin, freundete sich mit Josefa an. Sie bewohnten eine moderne Reihenhaussiedlung im teuersten Stadtteil von München. Außerdem hatten sie ein kostspieliges Hobby. Eine Jacht von erheblicher Größe konnten sie zu ihrem Eigentum zählen. Hartmut liebte Josefa sehr. Aber da war noch seine an Alzheimer erkrankte Mutter. Die Krankheit zog sich schon über viele Monate hin und wurde immer unerträglicher. Nach ihrer Arbeit in der Firma kümmerte sich Josefa noch um Hartmuts Mutter. Nebenher jedoch, musste die Firma laufen. Sämtliche Gedanken kreisten aber nur um die kranke Frau. Eines Morgens schellte es an der Tür. Ein Einschreiben vom Gericht. Hartmut und Josefa wurden angezeigt, aufbereitetes, altes Fleisch in den Handel gebracht zu haben.

„Mein Gott", sagte Hartmut, „wer behauptet denn so etwas?" Ich kann nicht mehr." Noch ein paar Tage dann kommen Kontrolleure, die alles unter die Lupe nehmen. Josefa, war entsetzt: „Wir haben immer nur das Beste an Fleisch verkauft und uns noch nie etwas zu Schulden kommen lassen."… „Nein, nie", antwortete Hartmut, „Was machen wir denn jetzt?" „Nichts, Josefa, wir können nur abwarten, wie das Ergebnis ausfällt. Dann wird sich alles klären, denn es ist ja nichts zu finden." Am nächsten Tag meldete sich Margot Braun, die Nachbarin. „Josefa, hast Du schon den Münchner Anzeiger gelesen? In Großbuchstaben auf der ersten Seite wird über euren Betrieb geschrieben. Aber ich würde Dir raten, Dir nichts durchzulesen. Es ist schlimm genug, was sie für Lügen über Euch verbreiten." „ Schultes Wurst und Fleischwaren sind in der ganzen Welt bekannt. Vor allem die Güte und Qualität. Wenn sich nicht schnellstens alles aufklärt, werden wir ruiniert sein.", sagte Hartmut, „aber wer will uns ruinieren und warum?" Margot verabschiedete sich mit einem Grinsen im Gesicht. „Ich muss wieder los" meinte sie, „macht Euch mal keine Gedanken. Es wird schon wieder." Die Erkrankung der Mutter nahm wieder neue Formen an. Josefa konnte nun nicht mehr in die Firma, sondern musste sich um die kranke Frau kümmern. Dieses ständige Aufpassen, Beobachten und Wiederholen nervte ganz schön. Aber ob sie wollte oder nicht, sie musste da durch. Hartmut und sie mussten sich wohl damit abfinden, dass sich nichts bessern würde. Derweil kümmerte sich Hartmut um die Kontrolleure, die doch tatsächlich schlechtes Fleisch gefunden hatten. Auch nicht etikettierte Ware fanden sie vor. „Herr Schulte, wir werden heute die Firma schließen müssen.", sagte der Beamte von der Lebensmittelkontrolle. „Aber das gibt es doch nicht. Ich beziehe mein Fleisch schon seit Jahren, von Bauern aus der Region. Habe mir mit meinem guten Ruf einen Namen gemacht und einiges aufgebaut. Nun bin ich ruiniert. Tut uns leid, aber wenn wir immer nur den Beteuerungen der Leute glauben würden, dann sähe es sehr schlecht aus für den Verbraucher. Am anderen Tag beim Frühstück weinten Josefa und Hartmut. Das hatten sie nicht verdient. Mit all ihrer kraft und mit viel Liebe hatten sie die Firma aufgebaut und nun soll alles umsonst gewesen sein? Wer hatte ihnen nur dieses Leid zugefügt und warum? Sie fanden keine Antwort auf ihre Fragen. In der Post fanden sich zahlreiche Briefe von zufriedenen Kunden, die ihnen Mut zusprachen und den beiden Unterstützung anboten. Im Falle einer Gerichtsverhandlung würden alle für die Firma Schulte aussagen. „Wie schön", sagte Hartmut, „dass man uns nicht alleine lässt." Margot Braun stand wieder einmal vor der Tür. „Hallo Margot!" „Bitte, können wir ein anderes miteinander sprechen? Du siehst doch, dass wir andere Probleme haben."

„Ja klar, sehe ich ein. Ich melde mich später wieder."
Josefa ging am darauffolgenden Tag mit Hartmuts
Mutter spazieren. Mittlerweile musste sie mit dem
Rollstuhl gefahren werden. Sie traf ein paar neugierige
Nachbarn, mit denen sich Margot Braun kurz zuvor
unterhalten hatte. Alle schauten sie nur von der Seite an
und machten einen großen Bogen um sie. So weit ist es
nun gekommen, dachte Josefa und musste weinen.
Plötzlich rannte Herr Lehnhoff von der anderen Seite
herüber, kam zu ihr und sagte: „Frau Schulte, ich will ja
niemanden verdächtigen, aber ich beobachtete neulich,
wie Ihre Nachbarin mit noch ein paar Leuten durch den
Lieferanteneingang ihres Betriebes ging. Sie trugen alle
weiße Kittel und weiße Hauben, so dass man sie nicht
erkennen konnte. Man hätte denken können, sie gehörten
zur Firma. Nur, ich habe diese Frau erkannt.", sagte
Lehnhoff. „Passen Sie bitte gut auf, Frau Schulte, denn
sie ist auf all diejenigen aus der Umgebung neidisch,
denen es finanziell besser geht. Denn soviel ich weiß,
steht das Haus von dieser Familie zur Versteigerung an
und muss in Kürze geräumt werden." Josefa viel es wie
Schuppen von den Augen. „Ja sicher", sagte sie, „jetzt,
wenn ich darüber nachdenke, fallen mir einige Dinge ein,
die darauf hinweisen, dass sie Recht haben. Ihre
abgetragenen Sachen sind mir schon längst aufgefallen.
Von den ungepflegten Haaren ganz zu schweigen. Aber
auch, dass sie mich schon des Öfteren gefragt hat, ob ich
ihr mit etwas Geld aushelfen kann." Franz Lehnhoff

sagte: „Wenn ich Ihnen einen guten Rat geben darf, gehen sie so schnell wie möglich zur Polizei und zeigen sie diese Frau an. Ich werde auf jeden Fall als Zeuge aussagen." „Ich danke Ihnen, Herr Lehnhoff, das werde ich umgehend tun." Am Abend erzählte Josefa ihrem Mann davon. Erst ungläubig, aber dann sofort auf dem Sprung sagte er: „Wir werden sie anzeigen, und können nur hoffen, dass die ganze Angelegenheit sich zum Guten wendet. Hoffentlich hatte Lehnhoff Recht." In der Hoffnung aus dieser schmierigen Sache wieder herauszukommen und ihren guten Ruf retten zu können, zeigten sie Frau Braun an.

Bei der Gerichtsverhandlung verstrickte sich Margot Braun in dumme Ausreden, kam damit aber nicht durch, da sich noch ein paar andere Zeugen gemeldet hatten, die ebenfalls alles beobachtet hatten. Hartmut und Josefa Schulte konnten bei ihren Freunden und bei allen Firmen, die sie belieferten, die ganze Sache aufklären. So schnell konnten sie aber diese schlimme Sache nicht vergessen, denn es trieb sie fast an den Rand der Verzweiflung. Schnell konnten sie den Ruf der Firma wieder herstellen und mit vereinten Kräften schaffte sie es auch. Die Mutter gaben sie später in ein Heim, dort wurde sie dann doch intensiver betreut. Beide erreichten, dass die Firma noch besser florierte als jemals zuvor.

Bärenerinnerung

Es ist ein warmer, angenehmer Tag. Dr. Peter Bender
schrieb an seinem Buch. Die Terrassentür quietschte bei
jeder Bewegung. Little Jim machte sich wohl einen Spaß
daraus. Das kleine Löwenbaby ging immer wieder hinein
und hinaus aus dem Haupthaus. Peter störte das nicht,
er schrieb weiter an seinen Begegnungen und
Geschichten mit den vielen Tieren im National Park.
Gerade beschreibt er, wie er einem riesigen Bären
gegenüberstand. Er hatte die Pfote gebrochen, um den
Hals eine Schlinge und bei jeder Bewegung, zog sie sich
weiter zu. Peter hatte keine Betäubungspfeile mehr in
seinem Gewehr. Der Bär, ließ ihn ganz nah an sich
heran. Er merkte die positiven Schwingungen und das
beruhigende Flüstern von Peter. Nun ja, das ist jetzt
schon viele Jahre her. Dr. Peter Bender war ein sehr
erfolgreicher Schönheitschirurg. Täglich sorgte er dafür,
dass die Menschen noch besser und schöner aussahen.
Irgendwann saß ein kleines Kätzchen vor der Klinik.
Niemand hatte Zeit, außer Bender. Er nahm sich dem
Tier an. Er versorgte es. Der kleine Kater war verletzt
und Peter Bender spürte, dass der kleine Stubentiger
eine gewisse Liebe zu ihm aufbaute. Er wurde
nachdenklich. Er überlegte, nicht vielleicht doch in die
Tiermedizin zu wechseln. Diesen Gedanken hatte er
schon so oft. Das viele Geld und der Ruhm als
Schönheitschirurg, machten ihn nicht mehr glücklich.

Er konnte einfach diese verrückten und eingebildeten Leute nicht mehr sehen. Peter Benders Kinder waren durch gute Ausbildungen gut versorgt. Lisa, seine Frau, verstarb sehr früh. Peter wollte einen neuen Weg einschlagen und verkaufte alles, was er besaß. Er kaufte neue Ausrüstungen und welch ein Zufall oder war es etwa eine Fügung? Sein Freund Tierarzt Dr. Jack Lahome gab seine Praxis aus Altersgründen auf. Jedoch suchte Lahome noch eine Herausforderung. Beide bauten schließlich im National Park die Animal Home Station auf. Mit weiteren fünf Helfern versorgten sie sämtliche Wildtiere.

Oft war es ein sehr gefährliches Unterfangen. Gerade kommt Dan zur Station zurück. Mit seinem Jeep umkreist er großräumig das Gelände, um herannahende gesunde Tiere zu entdecken, die auf Beutefang sind und meinen, in der Station einen leckeren Happen zu bekommen. Dan übernahm das Funkgerät. Peter wollte nur kurze Zeit am Wasserfall verbringen. Später dann, wollte er an seinem Buch weiter schreiben. Den Jeep tankte er noch voll und verstaute die Betäubungspfeile. Nun fragte er Dan, wo sich die anderen Freunde befinden. Etwa 15 Meilen entfernt war ein Wasserfall. Es gab keinen befestigten Weg und manchmal mussten Äste und ganze Bäume aus dem Weg geräumt werden. So manche Achse, am Jeep musste aus diesem Grund schon gewechselt werden. Am Wasserfall angekommen, nahm

Peter erst einmal ein Bad. Danach beobachtete er mit dem Fernglas einige Affen. Peter amüsierte sich sehr über ihr Verhalten. Er musste sich zwangsläufig an die Katze erinnern, wie sie die Kissen zerlegte, die Schuhbänder aus den Schuhen zog und versteckte. Allerdings bemerkte er nicht, dass er beobachtet wurde. Tatsächlich, bewegte sich im nahegelegenen Gebüsch etwas. Peter war in Gedanken. Denn wenn er richtig beobachtet hätte, so hätte er bemerken müssen, dass große, schwere Stiefel und ein Gewehrlauf zu erkennen gewesen wären. Aber leider achtete er nicht darauf. Immer mehr Gewehre und Stiefel wurden sichtbar. Da waren Wilderer unterwegs. Zu spät bemerkte er sie. Sie saßen auf der Motorhaube seines Jeeps und zerschlugen das Betäubungsgewehr. Peter hatte keine Chance. „Hands up!", riefen die Wilderer. Zu spät. „Was wollt Ihr von mir?", rief er. „Geld, Elfenbein oder sonstige Reichtümer besitze ich nicht." Vor kurzer Zeit wurden zwei Wilderer gefangen genommen und nun wollten ihre Freunde sie frei bekommen, indem sie versuchten, Peter zu erpressen. Sie wussten, dass er gute Kontakte zum Park Officier hatte. Nur leider merkten die Gauner nicht, dass auch sie beobachtet wurden. Sie waren sich ihrer Sache wohl sehr sicher.

Die Vorräte im Jeep wurden geplündert und Peter gefesselt. Diese heikle Situation wurde weiterhin beobachtet. Dumpfe Schritte und ein Raunen waren plötzlich zu hören. Ein paar schwere Faustschläge und die Wilderer lagen am Boden. Die Hiebe waren so kräftig, dass alle Gauner bewusstlos waren. Peter erkannte ihn sofort. Es war der gerettete Bär mit der gebrochenen Pfote und der Schlinge um den Hals. Die Halsabdrücke erkannte Peter sofort. Die ganze Aktion wurde vom Officer über das Funkgerät mit angehört. Er lokalisierte den Tatort und fuhr mit seinen Leuten los. Der Bär und Peter verabschiedeten sich mit einem Augenzwinkern. Wieder war sich Peter sicher, dass er seine Lebenszeit nur der Gesundheit für die Tiere widmen wollte, aber nicht wieder diesem Schönheitswahn der Menschen.

Bittere Kälte in Kanada

Es war Dezember. In Kanada lag der Schnee Meterhoch.
Die Holzfäller Familie Jack und Hellen Smith saßen in
ihrem Holzhaus, das sie sich mit viel Liebe vor Jahren
aufgebaut hatten, fest. Es war bitterkalt in diesem
Winter. Eine erbarmungslose Kälte griff um sich. Trotz
Ofen und anderen Möglichkeiten, sich warm zu halten,
gelang es ihnen nicht, der Kälte zu trotzen. Jack fing vor
vielen Jahren an, hier in den Wäldern von Kanada
selbstständig zu arbeiten und Holz zu schlagen. Er
musste dann mit entsprechenden Gerätschaften, die
Stämme zur nahegelegenen Holzverarbeitungsfirma
bringen. Das war immer mit vielen Risiken verbunden,
denn wenn die Maschinen nicht mehr funktionierten,
konnte er kein Geld verdienen. Dies ist in der
Vergangenheit sehr häufig der Fall gewesen.

Die teuren Reparaturen konnten sie sich nicht immer
leisten. Sie lebten quasi von der Hand im Mund und
nichts konnte zur Seite gelegt werden. Ganz schlimm ist,
dass sie sich kaum Vorräte für die Versorgung
angeschafft hatten. Fast alles ist in ihrem Leben ist bis
jetzt schief gelaufen. Jacks Vater übte auch diesen Beruf
aus, konnte aber seine Familie davon sehr gut ernähren.
Hellens Eltern besaßen einen riesigen Holzvertrieb, den
sie aber wegen der schweren Krankheit des Vaters
verkaufen mussten. In diesem Betrieb lernte sie Jack

kennen, der dort als Schreiner arbeitete. Sie nahmen sich vor, in Ottawa zu heiraten und auch dort sesshaft zu werden. Nur alles kam ganz anders. Nun hingen sie in den tiefsten Wäldern Kanadas fest und standen kurz vor dem Erfrieren. Um nicht zu verhungern und um ihren Magen zu füllen, tranken sie warmes Wasser. Jack und Ellen waren der Verzweiflung nahe. Glaubten ihren Verstand zu verlieren. Nein, sie wollten nicht aufgeben. Die Schneestürme fegten über das instabile Dach. Ein Fenster zersprang und noch mehr Kälte kam herein. Hellen Smith, die eigentlich aus den kritischsten Situationen immer noch das Beste herausholen konnte, kapitulierte. Sie kauerten immer enger zusammen. Jack war ein guter Schütze und konnte immer für genügend Fleisch sorgen. Nur jetzt bestand keine Möglichkeit etwas zu erlegen. Bei dieser Kälte hielten die meisten Tiere ihren Winterschlaf und verkrochen sich in ihre Höhlen. An Nahrung war nicht zu denken, zumal Jack nicht in der Lage war, sich für diese Jahreszeit Vorräte anzuschaffen. Die Kälte wurde immer fordernder. Zusätzlich kam durchs Fenster Schnee herein. Was sollten sie nur tun? Kaum, dass sie einen klaren Gedanken fassen konnten, da brach schon der erste Dachbalken ein. Tagelang ging es nun so. Sie hungerten und ihre Glieder waren blau angelaufen. Mit letzter Kraft erinnerte sich Jack daran, dass er noch ein altes Funkgerät im Kellerraum hatte.

Es musste nur wieder funktionieren. Bitte Gott, hilf uns. Wenn ja, könnte sie eine Chance bekommen hier wieder lebend herauszukommen. Wenn nicht, waren sie für immer verloren. Da seine Glieder schon fast starr und taub vor Kälte waren, kroch er auf allen Vieren zur klappe des Kellerraumes. Sie war sehr schwer und er musste seine übriggebliebene Kraft dafür aufwenden. Im letzten Moment, schaffte er es dann doch noch sich in den Keller hinunter zu hangeln Hellen schrie: „Bitte beeil dich, ich kann nicht mehr." Jack fand das alte, verstaubte Funkgerät. Es musste nur, wenigstens dieses eine Mal noch, seinen Dienst aufnehmen. Die Stürme wurden immer stärker und der Schnee lag meterhoch auf dem Haus und vor dem Hauseingang. Selbst hinaus ins Freie könnten sie nicht mehr. Hellen verlor ihr Bewusstsein. Der Hunger und die Kälte, haben ihr arg zugesetzt. Währenddessen versuchte Jack sein Bestes und um das Gerät wieder in Gang zu setzen. Er versuchte ein Funksignal, mit der Bitte um Hilfe, abzugeben. Es tat sich nichts und Jack resignierte. Auch er schloss mit dem Leben endgültig ab. Gerade als er versuchte, wieder nach oben zu klettern, vernahm er ein piepsen. Noch sehr unklar, aber man konnte es verstehen. „Hallo, Hallo. Was gibt es?" Er konnte seinen Ohren nicht trauen. Was war das? Doch noch eine Rückmeldung auf seine Hilferufe. Also funktionierte es noch. Er meldete sich nochmal und gab den ungefähren Standort seines Hauses durch. Eigentlich ist das

Holzhaus schlecht zu finden, denn auf Grund der damaligen Arbeitslage mussten sie in der Nähe von Jacks Arbeitsplatz bauen. Wieder bekam er Antwort: „Wir tun unser Bestes. Haltet durch. Wir fliegen mit dem Helikopter die Gegend ab. Versprechen können wir allerdings nicht, ob es klappt, denn das Wetter ist sehr schlecht." Hellen kam wieder zu sich und rief nach ihrem Mann, der kurz vor einer Bewusstlosigkeit stand. Der Erfrierungstod stand beiden im Gesicht geschrieben. Warme Decken und ein Ofen, der eigentlich immer das ganze Haus erwärmte, halfen nicht mehr. Ein zweiter Balken knallte auf den Dachboden. Jetzt war es nur noch eine Frage der Zeit, wann der mit Schnee gefüllte Dachboden durchbrach.

Die Dunkelheit brach herein und es bestand kaum noch die Chance auf eine Rettung. Die Sicht, war sehr schlecht, und die Schneestürme nahmen zu. „Jack, hörst du das auch.", sagte Hellen. Ein Geräusch, als wenn ein Flugzeug ganz nah hier über uns kreisen würde. „Ja", sagte er, „es könnte der Helikopter sein, der uns retten will." Sehr schnell aber, war dieses Geräusch nicht mehr wahrzunehmen. Alle Hoffnung, war verflogen. Ihnen war jetzt ganz klar, dass sie sterben mussten. „Hellen, wir müssen sterben. Es waren schöne Jahre, wenn auch sehr schwere Zeiten manchmal. Auch wenn wir uns gestritten haben, was sehr selten vorkam, so haben wir uns immer wieder zusammengerauft. Bitte verzeih mir, meine

Liebe." Beide glitten in die Welt der tiefen Träume ab, sie merkten nichts mehr.

Jack und Hellen Smith erwachten erst im städtischen Krankenhaus von Ottawa wieder auf. Mit schwersten Erfrierungen konnten sie im letzten Augenblick gerettet werden. Das Holzhaus mussten sie aufgeben und bauten später neu in Ottawa alles auf. Jack ging in seinen alten Beruf als Schreiner zurück und Hellen arbeitet nun in einer Bank. Die kanadischen Wälder waren nie mehr ein Thema für Jack und Hellen Smith.

**Das Haus des Herrn Brixx**

Jahrelang schon kannte ich das alte Haus in der Washington Street in New Orleans. Wir wohnten in der unmittelbaren Nachbarschaft. Ein Loch im Zaun verband unsere Gärten. Meine Großeltern, kümmerten sich um das Gärtchen und gaben sich die größte Mühe, um es in Schuss zu halten. Da dort nur Obst und Gemüse angepflanzt wurde, übersah man, dass ich auch noch da war. Wo sollte ich spielen? Es gab einfach keinen Platz für mich. Doch eines Tages sah ich ein Loch im Zaun und ich die Gelegenheit war da, um regelmäßig hindurch zu schauen. Was sah ich? Einen verwilderten Garten des Ehepaares Brixx. Ein wenig enttäuscht war ich schon. Das hatte ich natürlich nicht vermutet. Herrn Brixx nannten meine Großeltern „King des Saxophons".

Von meinem Zimmer aus konnte ich ihn immer spielen hören. Diese Klänge gingen mir einfach nicht aus dem Kopf. Automatisch spürte ich ein Kribbeln im ganzen Körper. Ich bewegte mich im Takt der wunderbaren und für mich berauschenden Melodien. Aber auch wenn ich in dem Garten der Eheleute spielte, überkam mich ein Gefühl der Harmonie. Aber konkret, konnte ich dieses Gefühl nicht beschreiben. In dem Garten, befand sich ein Baumhaus und ich konnte von dort oben direkt in das Musikzimmer der Eheleute Brixx schauen. Immer und immer wieder, versuchte ich in diesem Haus etwas

Interessantes zu finden. Viele Jahre vergingen und jedes Mal, wenn ich an diesem Haus vorbei musste, hörte ich den alten Brixx spielen. Meine Lieblingsfächer in der Schule, waren Biologie und Physik. Musik lag mir nicht besonders, da ich keine Noten lesen konnte. Da schnitt ich am schlechtesten ab. Mein Berufswunsch war Chemiker in der großen Firma Bel Carbo. Dort war meine ganze Familie, aber auch Mr. Brixx beschäftigt. Alleine vom Saxophon spielen, konnte sich das Ehepaar nicht über Wasser halten. Später studierte ich Chemie an der High School in der Nachbarstadt. Ein Oldsmobile war mein erstes Auto. Der Wagen kostete mich 500 Dollar. Ständig konnte ich neue Roststellen ausmachen, aber die Kiste lief und lief. Einfach, jedenfalls für mich, ein Traumauto. Der Stadtsender "Seven Night Morning" war mein morgendlicher Begleiter. Ohne dort hineingehört zu haben ging gar nichts.

Aber wenn ich an dem Haus des Ehepaares Brixx vorbeifuhr, war plötzlich der Sender weg und es ertönte leise Saxophon Musik. Es war fast eine gespenstische Situation. Mein Studium lief ganz gut. Ich legte mir ein Hobby zu, das Baseballspiel… es wurde meine Leidenschaft. Dafür wurde ich nicht in der Musikband aufgenommen, weil ich einfach nicht in der Lage war, mit Noten umzugehen. Nur die Brixx Melodie ging mir einfach nicht mehr aus dem Sinn und ich summte sie ständig nach. Irgendwann ging auch mein Studium zu

Ende. Ein leitender Job bei Bel Carbo, war das Resultat meiner Bemühungen. Noch viele Jahre begleitete mich das Oldsmobile.

Dann, eines guten Tages, lernte ich dann Beth kennen. Wir verabredeten uns für unser erstes Treffen in Smith's Bar. Mit dieser Frau konnte ich mich über Gott und die Welt unterhalten, einfach über alles. Unsere gemeinsamen Träume nahmen kein Ende. Wir sprachen von einem Haus und wollten auch Kinder haben. Die Zeit verging, doch eines guten Tages, kaufen wir uns ein Haus und einen tollen Wagen, denn schließlich verdienten wir beide genug. Dann wurden Lois und Frank geboren.

Das Oldsmobile gab nach fast 800.000 Meilen den Geist auf. Jetzt wurde ein Dodge unser Familienauto. Es wurde mit der Zeit unheimlich. Auch bei diesem Fahrzeug erklang jedes Mal die Saxophon Musik, wenn ein bestimmter Sender eingeschaltet wurde und am lautesten erklang diese Melodie, wenn man an dem Haus des alten Brixx vorbei fuhr Ich wurde nun stutzig, denn die Sender waren alle auf SNM55 eingestellt. Was passierte mit dem Haus des Ehepaares Brixx? Dieses Haus war so sehr in meinen Gedanken, dass ich nie darüber nachgedacht habe, was eines Tages damit geschehen könnte. Irgendwann ging ich wieder in diesen verwilderten Garten. Das Baumhaus existierte nicht mehr. Es war im Laufe der vielen Jahre zusammengebrochen. Nie ging ich weiter. Hinter einer damals kleinen Hecke, mittlerweile einem riesigen Gebüsch, war der Hintereingang. Ich hatte ein komisches Gefühl, denn dieser Eingang stand etwas offen. Was erwartete mich wohl, wenn ich hineinging? Ich wunderte mich über mich selbst, dass ich das nicht schon eher getan habe.

Ich öffnete die Tür und Spinnengewebe kam mir entgegen. Auch war es sehr verstaubt und roch modrig. Wieder spürte ich dieses Kribbeln in mir. Ein Gefühl der Wärme und Vertrautheit. Vorsichtig ging ich die Treppe hinauf. Es zog mich regelrecht in die obere Etage. Ich öffnete ein Zimmer. Es war ein Kinderzimmer. Alles kannte ich irgendwie. Es war schon komisch. Aber ich hätte nie damit gerechnet, dass Eheleute Brixx Kinder in die Welt gesetzt haben. Niemand konnte mir diese Fragen beantworten. Unbenutzt sah das Kinderbett aus. Ich hob die Bettdecke hoch und stellte fest, dass darunter ein Saxophon lag. Es gehörte Brixx. Seine Initialen waren eingraviert. Plötzlich nahm ich, wie in Trance das Instrument und fing an zu spielen. Es war schon eigenartig, denn ich konnte es ja vorher nicht. Stundenlang spielte ich nun die gleichen Lieder, die Brixx immer spielte. Behutsam legte ich das Saxophon wieder weg. Was ist hier los? Was war früher? Wer bin ich? Ich musste unbedingt Nachforschungen anstellen.

Das tat ich dann auch. 1912 kaufte Ehepaar Brixx das Haus. Damals war er 35 Jahre alt. Seine Frau 26. 1927 gab es eine Explosion in der Fabrik Nach dem Tod der Eheleute meldete sich kein Erbe. Das war alles, was ich heraus bekam. Nun wusste ich Bescheid... Stundenlang grübelte ich und mir wurde einiges klar. Ich spielte jeden Tag auf diesem Saxophon und fand zu letztendlich einen Brief unter dem Kopfkissen des Kinderbettes.

Mein geliebter Sohn.

An einem herrlichen Maitag, kamst du 1925 zur Welt. Ich musste sehr viel in der Fabrik arbeiten, weil das Haus noch nicht bezahlt war. Ein Jahr nach deiner Geburt, starb dein Vater. Er wurde nur 49 Jahre. Nach der Explosion in der Fabrik, war ich total entstellt. Ich schämte mich. Was sollte werden? Wie würdest du reagieren, wenn du mich so siehst? Nein das konnte ich nicht zulassen. Bitte vergib mir, mein Sohn, dass ich dich zu den Nachbarn geben musste. Deine jetzigen Eltern, konnten keine Kinder bekommen. Bitte verzeih mir nochmals. Jeden Tag, werde ich Vaters Schellackplatten spielen. Ich liebe Dich.
Deine Mum.

Der Baum

Karl war ein stolzer Ritter. Wenn es ihm möglich war, so traf er sich immer mit Siglinde. Auf der grünen Wiese vergnügten sie sich. Sie lachten und küssten sich. Siglinde brachte immer einen gut gefüllten Korb mit allerhand Leckereien mit. Karl griff herzhaft zu. Es war sein letzter Kreuzzug. Außer ein paar Stichwunden ist er unversehrt geblieben. Mit Siglinde wollte er ein neues Leben weit entfernt im Süden beginnen. So entkamen sie dem schwarzen Tod. Plötzlich traf mich eine Bleikugel. Nun gut, ich war noch im Wachstum, aber sie blieb ein Leben lang in meinem Stamm. Ich erinnere mich auch gern an Rüdiger und Liebermann. Wie oft spendete ich ihnen Schatten wenn sie ihre langen Schachpartien spielten. Eines Tages gesellte sich Tiberius hinzu. Er hatte die Neuigkeit zu erzählen, dass es nur noch Arabische Zahlen gibt und nicht mehr die Römischen.

Prompt ritzte er in meinen empfindlichen Stamm einen Kreis ein und sagte, dass nennt man Null. Ein neuer Sommer brach an. Konstanze breitete unter meinen weit ausgebreiteten Armen eine Decke aus mit lauter Köstlichkeiten. Ihr Liebster liebkoste Konstanze. Beide genossen die frische, saftige Luft der grünen Wiese. Bevor Konstanze aus einem dieser neuen, wunderbaren gebundenen Schriften als Buch etwas aus der Wissenschaft erfuhr. Eine lebhafte Diskussion erlebte ich einige Sommer später. Zwei Freunde unterhielten sich über die Sonne. Wie oft habe ich sie schon aufgehen und wieder untergehen sehen. Ich habe die Wärme genossen. Beide diskutierten heftig darüber, dass sich die Erde nun um die Sonne dreht. Ach, was interessiert es mich. Viele Paare liebten sich unter meinen schützenden Armen. Ich habe mich immer sehr gefreut. Dann sah ich 30 Jahre nur eine Verwüstung. Viele Kugeln trafen mich. Ein junger Mann betete zu Gott. Ein anderer wurde von einer Kugel getroffen. Ach, hätte es doch lieber mich erwischt. Ganz erschrocken bin ich gewesen als dicht neben mir Brüder und Schwester aufgestellt wurden. Ohne Arme. Ganz kahl waren sie. Verbunden wurden sie mit langen Leinen. Ich hörte wie zwei Arbeiter während der Pause von Telegraphie sprachen. Nun, wenn es unbedingt sein muss. Aber wieviel schöner wäre es gewesen, wenn diese Geschwister Blüten tragen würden. Jetzt glühen nur die Drähte. Ganz in meiner Nähe wurde ein fester Weg angelegt. Mit Staunen sah ich, dass die Fuhrwerke nun ohne Pferde auskamen. Dafür war es aber laut und ein unangenehmer Geruch lag in der Luft. Trotzdem amüsierten sich Luise und ihr Herrmann bei mir. Wir alle waren sehr glücklich.

Wieder und immer wieder wurde ich von Kugeln getroffen. Ein riesiges Loch neben mir in der Erde hätte mich fast vernichtet. Aber ich konnte mich noch so eben abstützen. Danach kam eine sonderbare Zeit. Junge

Leute brachten Fröhlichkeit, Tanz und Geräte mit, aus denen sie eine ganze Kapelle aus einem kleinen Kasten hörten. Einige brachten schwarze Scheiben mit. Renate war ganz begeistert von einem gewissen Elvis, der mich aber nie besuchen konnte. Im Laufe der Zeit habe ich viel gesehen, gehört und erlebt. Heute haben die jungen Leute Knöpfe im Ohr. Über mir donnern schwere Fahrzeuge durch die Luft. Ich stehe immer noch auf der grünen Wiese, denn mittlerweile bin ich ein sehr alter Baum.

Der Geist der Zukunft

Lang blonde Haare, einen sehr schönen Körper, die
wunderbare Bildung. Noch viel mehr könnte man über
Roberta aufzählen. Sie war eine junge Frau im besten
Alter. Nun suchte sie Zärtlichkeit, Liebe, Geborgenheit,
einen lieben Mann, der mit ihr die durchs Leben gehen
möchte. Roberta ist Krankenschwester, geht ganz in
ihrem Beruf auf. Ja, man kann sagen, es ist ihre
Berufung. Sie hilft allen, kein Weg ist ihr zu weit, keine
Arbeit zu viel. Zu allen Zeiten wurde Roberta
beobachtet. Eines Tages, Roberta hatte einen
anstrengenden und langen Arbeitstag hinter sich, fuhr sie
rechts ab in die Kirchhofstraße. Noch etwa 500 Meter
bis zu ihrer hübsch eingerichteten Wohnung. Es war
eine Vorfahrtstraße. Sie konnte nicht damit rechnen,
dass der schwere LKW weit ausholte. Er bog dann in die
Nebenstraße ein. Zumal der LKW Fahrer viel zu schnell
in die Kurve fuhr.

Aber auch hier ist zu sagen, ob Alkohol, zu hohe
Geschwindigkeit oder Unachtsamkeit, es tut nichts zur
Sache. Auf jeden Fall kollidierten die Fahrzeuge. Benzin
entzündete sich. Roberta wurde stark verbrannt und
entstellt. Ihr Gesicht war den Rest ihres Lebens
unkenntlich gemacht, durch diesen Unfall. Roberta
weinte immer, mied die Öffentlichkeit und ging nur noch
im Dunkeln raus. Am Abend flüchtete sich die junge

Frau in einen Traum. Es war ein herrlicher Strand am Meer.

Da war er plötzlich, ein bildschöner Mann, zärtlich und einfühlsam. Sehr verständnisvoll war er auch. Er stellte sich als David vor. Braune, fast schwarze Haare und etwas länger. Kann man bei einem Mann von Schönheit sprechen, dann trifft es bei ihm zu. David war nur für Roberta da, nur für sie. Die Jahre vergingen. Robertas Figur war immer noch einmalig. Die langen Haare verdeckten die Verletzungen im Gesicht. Aus Angst, man könnte etwas sehen, übernahm sie nur Spätschichten. Ihr Wille, Gutes zu tun, brach nie ab. Bei einem Einkauf, beobachtete sie einen Mann, der sehr viel Ähnlichkeit mit ihrem Traummann hatte. Es kribbelte in ihrem ganzen Körper. Sie hatte sich sofort verliebt, dachte nur noch an diesem Mann. Eine Woche später, traf sie ihn wieder. Ihre Einkaufswagen stießen zusammen. Er entschuldigte sich. Ein Gespräch zwischen den jungen Leuten entwickelte sich. Er stellte sich mit David Warden vor. Roberta war sprachlos. Eine große Liebe erblühte. Beide staunten immer wieder, wie gleich sie waren. Da passte alles zusammen. Heirat, Kinder und ein tolles Haus kamen danach. Einmal beichtete Roberta ihrem Mann, dass sie jeden Abend gebetet hatte. Da war dieses Licht am Nachthimmel. Sie redete mit diesem Licht, das auch tatsächlich in Bewegung geriet. Es drehte sich und es sah aus, als wenn dieses Licht

schreibende Bewegungen machen würde. Roberta
schämte sich etwas. „Nein, Liebling, schäme dich nicht,
Ich glaube dir, denn ich habe dich immer beobachtet.
Wir beobachteten alle guten Menschen. Ich sah deinen
Unfall. Sah in der Zukunft diesen Mann. Den Unfall,
konnte ich nicht verhindern. Ich hatte keinen
feststofflichen Körper. Dann reiste ich zurück in die
Vergangenheit, gab dir diesen Traum ein und schlüpfte in
David. Nun bin ich hier. Ich liebe dich und beschütze
dich für immer.“

Der letzte Zug

Dieter ist wohlbehütet in seiner Familie aufgewachsen. Vater und Mutter förderten ihn in allen Bereichen. Dieter war sehr wissbegierig. In der Schule war er nicht der Streber. Aber ihm flog eben alles so zu. Lieblingsfächer hatte er nicht. Er interessierte sich für alles. Aber auf der anderen Seite war Dieter auch ein Spätentwickler. Mit Siebzehn hatte er eine Freundin und auch der erste Kuss war angesagt. Nun ja, wann er seine erste Frau liebte, keiner weiß es genau.

Sein Architekturstudium schloss er natürlich mit Auszeichnung ab. Wenn er den Grundstein für ein sorgenfreies Leben gelebt hatte, wünschte er sich eine Frau und Kinder. Er gründete Ingenieurbüro mit drei Angestellten. Der Laden lief prächtig. Seine Spezialität waren extravagante Gebäude. Die Hausbauer rannten ihm die Bude ein. Sein Partner, mit dem Dieter eine Sozietät gründete, war für die Inneneinrichtung zuständig. Das Ingenieurbüro entwickelte sich zum Renner. Ja, bald könnte er eine Familie gründen, bald eben. Dieter schuf sein erstes Haus und die gesamte Erfahrung floss ein. Ein riesiger Garten, 8 Zimmer, vier Garagen, ach, was soll noch alles aufgezählt werden. Demnächst sollten auch die Kinderzimmer eingerichtet werden, demnächst eben. Das Büro wurde immer erfolgreicher. Seine Kunden wollten ihn. Nur ihn.

Mittlerweile zählte er einen Ferrari und einen Porsche zu seinem Eigentum. Jedes Wochenende verbrachte er mit seinen Autos. In Paris, New York und London eröffnete Dieter immer neue Büros. Spitzenkräfte leisteten eine Spitzenarbeit.

Dieter wollte immer höher hinaus. Sein Ferrari fuhr über 300, aber das wusste Dieter noch nicht, denn er hatte keine Zeit. Jetzt wollte er zusätzlich noch den Pilotenschein machen. Gerade als er über Wiesen und Wälder hinweg flog, da passierte es. Nein, nichts Schlimmes. Kein Unfall, keine gesundheitlichen Probleme, er schaute einfach nur nach rechts. Der Sitz war frei. Keine Partnerin, keine Ehefrau, keine Liebe.

Plötzlich wurde ihm klar, wo sind denn die Jahre geblieben? Meine Jahre. Er war 57 Jahre alt und immer noch nicht glücklich. Dieter verzweifelte. Ihm ist sein erster Kuss mit 17 eingefallen. Das war vor 40 Jahren, Elise war ihr Name. Dieter ging wieder ganz in seiner Arbeit auf. Diesmal flüchtete er regelrecht dort hinein. Nur nicht an die Vergangenheit denken. Ein Brief mit einer Einladung zum Klassentreffen kam per Post. Dieter orderte einen Mittelklasse-Leihwagen. Er wollte seinen Reichtum nicht zeigen. Das Klassentreffen war gut besucht. Bernd hatte 6 Kinder. Gisela einen Arzt zum Ehemann. Detlef hatte 50.000 Euro Schulden. Jörg sei bei einem Autounfall ums Leben gekommen, alles das, erzählte man ihm. Gelangweilt ging Dieter an die Bar. Da saß sie nun, Elise, schön, wie vor 40 Jahren. Der erste Kuss war sofort in den Gedanken. Elise verlor alles. Ihre Ehe zerbrach. Es war der Alkohol von Bernd, ihrem Mann. Die Kinder waren aus dem Haus und Elise, bewohnte eine Zweizimmerwohnung.

„Elise, du bist der einzige Lichtblick hier.", sagte Dieter. Sie redeten bis zum Morgen. Beide verliebten sich ineinander. Sie wurden glücklich. Der letzte Zug in ihrem Leben fuhr ganz langsam aus dem Bahnhof heraus ins Glück!

Der Spaßvogel

Er kennt jeden Bürger und jeden Winkel in der Stadt. Jedes Ereignis ist ihm sofort bekannt. Sie nennen ihn den Spaßvogel in der Stadt. Niemand weiß, wo er wohnt. Keiner weiß, wer er ist. Alle wissen… nichts. Überall da, wo Hilfe gebraucht wird, da ist er sofort an Ort und Stelle. Aber heute ist nichts so wie bisher. Eine große Unruhe verbreitete sich in der Stadt. Nach tagelangen Regenfällen weichte in der Innenstadt ein Gehweg auf. Es entstand ein riesiges Loch. Für ein kleines Kind natürlich sehr gefährlich. Die dreijährige Anna lief verträumt über den Gehweg. Etwa 5 Meter weiter ging ihre Mutter. Plötzlich war Anna verschwunden. Sie rief immer wieder ihre Tochter. Aber Anna war verschwunden. Das riesige Loch hatte das Kind einfach verschluckt. Die Unruhe war groß. Einige rannten aus Angst und Feigheit einfach weg. Andere blieben stehen und schauten nur neugierig. Und wieder andere holten Hilfe. Die Feuerwehr kam. Sie wusste nicht, wie sie helfen sollte. Stunden der Angst machten sich breit. Die Feuerwehr versuchte mit langen Leitern, die sie über das Loch legte, die Einbruchstelle zu sichern. Es wurde kritisch, denn die Erde bröckelte immer weiter. Ein Feuerwehrmann legte sich auf den Bauch und robbte über das Loch. Aber er sah nichts. Der Spaßvogel sah das Geschehen aus der Ferne. Er war starr vor Angst um Anna. Jetzt ging er zu den Feuerwehrmännern, wollte ihnen etwas sagen und gab ihnen einen Tipp. „Sind Sie etwa der Spaßvogel?", meinte der Feuerwehrmann und stieß ihn einfach zur Seite. Es wurde beratschlagt darüber, ob und wie man helfen konnte. Scheinbar entmutigt verließ der Spaßvogel den Unfallort. So schnell wie möglich eilte er an das Ende der Stadt. Hier stieg er in einen alten stillgelegten Schacht. Ohne weiter nachzudenken robbte er sich durch die Rohre. Er kroch und rutschte, stieß alte Gitter auf. Er kannte sich sehr gut aus, als wenn er hier zu Hause sein würde. Da hinten sah er etwas. Da bewegte sich etwas. Er vernahm ein leises Wimmern: „Mami, Mami." Schnell nahm der Spaßvogel sie in den Arm. In diesem Augenblick, brach weitere Erde ein. „Komm', wir spielen ein Spiel, Anna! Wer zuerst durch den Tunnel kriechen kann, gewinnt ein großes Eis!", rief der Spaßvogel. Anna kroch los, der Spaßvogel robbte nach. Mittlerweile wurde die Unfallstelle weiter gesichert. Ein Feuerwehrmann ließ sich in das nun riesige Loch abseilen. Es war dunkel und gefräßig, die Gebete ringsherum wurden mehr. Plötzlich von weitem dieses erleichternde Rufen: „Mama, Mama!" Der Spaßvogel hatte Anna auf den Schultern. Applaus, ein Jubeln, ein Umarmen, frohe Gesichter. Man rief: „Unser Spaßvogel ist ein Lebensretter! Er ist unser Held!"

Bei der späteren Befragung stellte sich heraus, dass der Großvater und der Vater, vom, jetzt nennen wir ihn nicht mehr Spaßvogel, sondern Lebensretter, am Aufbau und der Planung der Stadtkanalisation beteiligt waren. Vater Dipl. Ing. Karl Krüger nahm seinen Sohn Willy oft mit zur Baustelle. Der kleine Willy kroch durch alle Rohre, er kannte sich somit gut aus. Die Stadtverwaltung stellte Willy Krüger, unseren Lebensretter, als Bauleiter ein. Das Leben des Spaßvogels änderte sich nun, aber Spaß und Freude vermittelt er seinen Mitmenschen immer noch.

Der Überfall mit Folgen

Für den älteren Herrn mit Brille spielten die Fußballer von Wacker Null... na, ich habe die weitere Zahl vergessen, ganz einfach zu zaghaft. Der Herr mit Oberlippenbart meinte, sie spielten einfach nur grässlich. Der Herr mit dem Karohemd dagegen interessierte sich nicht für Fußball. Das Trio war bei Gerda Bernshofer gern gesehen, als ich sie besuchte, um diese Geschichte festzuhalten, plauderte sie sofort drauflos. Ich bin Reporter des Stadtspiegel-Anzeigers und wollte die Story gern schreiben. Das lag daran, dass ich die 3 Rentner jeden Mittwoch bei ihrer Plauderrunde sah, dabei dachte, was sie wohl früher einmal für Berufe ausgeübt hatten und wie ihr Leben so verlief. Die Gespräche verfolgte ich immer mit einem Ohr mit, denn ich saß regelmäßig einen Tisch weiter, mit meinem Laptop bestückt erledigte ich die Büroarbeit. So wartete ich bei einem Tee auf meine Frau, sie ist in der Anwaltskanzlei beschäftigt, gegen 18 Uhr kommt sie dann hierher. Nun, erwähnen muss ich, es war nicht immer Tee, liest sich aber schöner.

Wie gesagt, auch an dem ganz besonderen Tag saß ich, mit einem Ohr hinhörend, am Nachbartisch. Der Herr mit Brille fragte in die Runde, ob noch jemand die alten Porsche Wagen kennt. „Aber sicher", so der Herr mit Karohemd, „waren das nicht welche mit VW-Motor?"...

„Nein", so der Herr mit Brille, „die hatten einen Doppelvergaser und ordentlich Bums unter der Haube!"... „Sach bloß", so der Herr mit Bart, „aber die Form war gleich!"... „Flacher waren sie, viel flacher, ganz flach!", entgegnete der Herr mit Brille.

Ich schrieb weiter an meinem Bericht zum neuen Schwimmbad, konnte hier wirklich nicht folgen, es war nicht meine Zeit, ich bin Jahrgang 1991. Den Unterschied zwischen Ketten- und Nabenschaltung am Fahrrad kenne ich wohl, das war das nächste Thema der Herren. Ich schätzte sie übrigens so um die 75 ein. Fragte mich dann des Öfteren, worüber werde ich wohl mit meinem Tennisfreund Sven später einmal reden? Meine Frau kam pünktlich. „Magst Du ein Getränk?", fragte ich. „Heute nicht, Liebster. Beate und Klaus kommen doch heute!"... „Ach ja, fast vergessen!" Von Frau Bernshofer erfuhr ich, dass die Herren gegen 22 Uhr aufgebrochen sind. Fröhlich, wie immer, verließen sie die kleine Kneipe. Hinter dem Grünewaldweg kam ein kleines Waldstück. Hier lauerten 2 Männer, die nichts Gutes im Sinn hatten, den älteren, körperlich unterlegenen Herren über 75, auf. Die Männer waren mit Eisenstangen und Gaspistolen bewaffnet. Es war aber nicht möglich, eine Gaspistole von einem echten Schießeisen zu unterscheiden. Es kam, was kommen musste!

In den Polizeiakten las ich später:

Die Herren Alfons D., Hubert S. und Herbert B. wurden nachts um 22.45 Uhr von den Männern Detlef R. und Richard T. mit Eisenstangen und geladenen Gaspistolen überfallen und beraubt. Zum Raub kam es nicht mehr, denn Detlef R., 32 Jahre, und Richard T., 35 Jahre, wurden derart vermöbelt, dass wir den Krankenwagen bestellen mussten.

"Ist doch klar", sagte mir Frau Bernshofer, "die 3 waren Berufsboxer!"

Die Jukebox

Anfang der 1950'er Jahre trafen sich ein paar Musikfreunde regelmäßig in „Joe's Bar". Im Süden von New York. Es war eine kleine, feine und schlanke Bar. Zur Straße war sie wenige Meter breit und zog sich nach hinten aber weit heraus. Die Theke begann bereits am Eingang. Pete, Joes Sohn, schaute oft, wenn keine Gäste da waren, auf die Straßenlaternen. Wieder an einem Sonntagabend schlenderten die Musikfreunde in die Bar. Seit Ende der 1940'er Jahre trafen sie sich Fred, Ben, Dan und Luzie. Sie waren mit die Ersten, die die Single- Schallplatten aus „Ricki's Musik Laden" erworben hatten. Bei Dan hörten sie oft diese neuen Schallplatten. Aber seine Einzimmerbehausung glich immer einem Schlachtfeld. Dan hatte immer die Ausrede, wegen der Nachtarbeit, nichts machen zu können. An diesem Samstag aber überraschte Pete die Gäste mit einer Jukebox. Drei Single Schallplatten hatte er erworben. Reichlich Platz war noch für weitere Platten. Luzie brachte ihre Freundin Cindy mit. Beide trugen ihr Lieblingspetticoat Kleid. Cindy hatte ihres extra für diesen Samstagabend erworben. Es war mit weißen Punkten versehen. Natürlich waren alle schwer begeistert von der neuen Jukebox. Aber Dan warf auch seine Blicke auf Cindy. Es schien so, als wenn sie Gefallen aneinander finden würden. Die Blicke, wurden heftiger und sie hörten nichts mehr. Die Single der

Flamingos, mit dem Titel „I Only Have Eyes For You" tat ihr weiteres dazu. Dan forderte Cindy zum Tanzen auf. Er spürte ihre warme und weiche Haut. Er hatte sehr muskulöse Oberarme und immer blitzblank geputzte Schuhe. Das gefiel Cindy. Er schmiss immer wieder Münzen nach, um das Lied immer und immer wieder hören zu können. Pete machte Spaß und meinte: „Ja, dann ist die Box schnell abgezahlt. Auf eine Münze ritzte Dan die Buchstaben „ILY" ein, für „I love you". Als Mechaniker, hatte er immer einen Schraubendreher in der Tasche. Da traute sich nicht diese Worte gleich am ersten Abend zu sagen.

Er küsste die Münze und warf sie ein. Nur die Jukebox spielte nicht. Die Münze hatte sich verklemmt. Pete nahm eine neue Münze aus der Kasse und warf sie ein. Die Zeit verging und die Gruppe traf sich weiterhin. Dan und Cindy tanzten sich immer wieder in eine Traumwelt. Eines Tages musste Dan einen Auftrag im Ausland annehmen. Aus den geplanten zwei Monaten wurden zwei Jahre. Für die große Liebe war es furchtbar. Die Bar war weiterhin gut besucht und dic Freunde trafen sich wie immer regelmäßig. Dan konnte durch seinen Auslandsjob leider nicht mehr dabei sein. Cindy war zwar bei jedem Treffen dabei, aber die Flamingos wurden nicht mehr gespielt. Jeder nahm Rücksicht auf Cindy. An diesem Abend kamen Jack und Stan in die Bar. Jack warf sofort ein Auge auf Cindy. Er verwickelte Cindy in

Gespräche über den Rock' n Roll. Charmant machte er ihr Komplimente. Cindy hingegen war nicht interessiert und merkte aber auch nicht, dass Jack harte Sachen in Cindys Glas füllte. Jack hatte immer für alle Fälle etwas dabei. Das Mädchen konnte den hochkonzentrierten Alkohol nicht vertragen. Da Jack mit seinem Auto da war, bot er Cindy an, sie nach Hause zu fahren. Nach dieser Fahrt wurde das Mädchen schwanger, weil Jack ihren betrunkenen Zustand ausgenutzt hatte. Leider musste sie ihn heiraten, da sie noch nicht volljährig war. Sie war sehr traurig. Sie schämte sich und brach den Kontakt zu Dan ab. Was sollte sie ihm denn auch erzählen? Jack entwickelte sich zum Tyrannen und behandelte Cindy wie den letzten Dreck. Sie durfte keinen Mann ansehen, geschweige denn, mit ihm reden. Jack schlug sie und vergewaltigte sie. Wenn sie nicht wollte, drohte er ihr an, ihr den Schädel einzuschlagen. Cindy war mit ihren Gedanken immer bei Dan. Eines Tages stieß Jack Cindy die Treppe hinunter, weil sie sich ihm wieder verweigerte. Das arme Ding war von diesem Tag an querschnittgelähmt. Bald zog Jack aus. Er suchte sich eine jüngere „funktionierende" Frau. Cindy wollte verständlicherweise in dieser Wohnung nicht mehr bleiben und suchte sich eine Wohnung in einem Haus, dass behindertengerecht gebaut war.

Die Zeit verging…

Die Klimaanlage tropfte und es musste ein altes Radio repariert werden. Dan, mittlerweile in die Jahre gekommen, hatte das Reparieren von alten Geräten zu seinem Hobby gemacht.

Dan erfüllte sich endlich einen Traum. Er ersteigerte bei „DARNELL'S PAWNSHOP", einem Leihhaus im Westen New Yorks, eine alte Jukebox. Einige Ersatzteile hatte Dan immer im Haus. Es musste der Rahmen gerichtet werden und noch ein paar Dinge. Die Jukebox spielte das alte Lied, auf das er mit seiner Liebsten tanzte. Er war sehr unglücklich und musste weinen. Erst Recht, als er die Münze in der Jukebox mit den eingeritzten Buchstaben"Ily" fand, die sich verklemmt hatte. In die Nebenwohnung war eine behinderte Frau eingezogen und klopfte wie wild an die Wand. Sie rief ganz laut: „Bitte lauter machen, ich kenne das Lied." Dan ging herüber und wollte wissen, wer diese Frau war. Als sie ihm die Tür aufmachte, traute er seinen Augen nicht. Seine große Liebe saß vor ihm im Rollstuhl. „Cindy du bist es?" „Ja, leider bin ich gelähmt. Er hatte mich die Treppe hinuntergestoßen." Er schaute sie lange an und sagte: „Wer schaut schon danach. Ich liebe dich trotzdem und werde es immer tun Darling." Sie küssten sich lange.

Die Kraft der Liebe

Jeff war Rettungsschwimmer in Florida am Strand von Sanibel Island. Er hatte einen Körper wie ein Adonis. Sozusagen ein Schönling. Natürlich lagen ihm die Frauen zu Füßen. Darunter auch Emelie. Sie war nicht aufgetakelt, so wie die anderen. Eine natürliche Schönheit war sie. Blond, blaue Augen, damit fiel sie auf. Insgeheim liebte sie Jeff schon lange. Doch der hatte nur Augen für die vollbusigen Mädchen. Emelies Liebe zu dem jungen Mann wuchs und wuchs, immer mehr und immer mehr. Sie studierte Meeresbiologie und hielt sich darum oft am Wasser auf. Eines Tages kam Jeff zu ihr und fragte, was sie hier so mache? Und er hätte sie ja noch nie hier gesehen. Wie denn auch, er sah ja auch nur die anderen. Sie schauten sich in die Augen und in diesem Augenblick geschah etwas Magisches. Sie konnten es beide aber nicht einordnen. Was konnte es gewesen sein, ein Gefühl? Eine Zuneigung? Ihr Versinken in die Blicke wurde durch Schreie unterbrochen. Ein Kind schrie um Hilfe! Es war zu weit ins Meer geschwommen und hatte keine Kraft alleine an den Strand zu schwimmen. Jeff eilte zum Meer, schwamm um Leben und Tod, erreichte das Kind und holte es zum Ufer zurück. Dieses rannte glücklich zu seinen Eltern. Glück gehabt! Überglücklich schaute Jeff dem Kind nach, er wollte aus dem Wasser steigen, plötzlich schoss ein Hai heran, Jeff sah es nicht, mit einem Biss riss der Hai Jeff ein Stück vom Arm ab. Alle schrien wie verrückt. Alle rannten umher, Alle waren sehr aufgebracht. In Windeseile kam Emelie und band Jeff die Verletzung ab. Überall war Blut. Es sah schrecklich aus. Jeff verlor das Bewusstsein. Panik brach aus! Emelie informierte sofort per Handy sämtliche Stellen, um nicht die Urlauber zu gefährden, gleichzeitig hielt sie Jeff eng umschlungen an sich. „Bitte Gott, lass ihn leben... bitte!" Alle Urlauber wurden aufgefordert, sofort den Strand zu verlassen. Mit einem Haiangriff hatte hier niemand gerechnet. Ein Hubschrauber brachte Jeff auf den schnellsten Weg ins Krankenhaus. Das Mädchen ließ alles stehen und liegen und machte sich auch auf den Weg ins Krankenhaus. Sie verzweifelte. Sie betete.

Um Informationen zu erhalten, wies sich Emelie als Jeffs Verlobte aus, aber die Ärzte konnten noch nichts sagen. Jeff schwebte in Lebensgefahr. Zu viel Blut hatte er verloren und eine Blutvergiftung kam hinzu. Er wurde ins künstliche Koma gelegt und es wurde alles getan um sein Leben zu retten. Emelie war nahe an einer Bewusstlosigkeit, sie konnte nicht mehr denken. Der Arzt schickte Emelie nach Hause, denn sie konnte ja doch nichts tun. Sie liebte ihn doch so sehr, das wusste sie. Auch ohne Arm würde sie ihn lieben, das war ihr bewusst. Sie weinte, weinte und weinte. Jeff hatte keine Familie mehr. Seine Eltern waren vor ein paar Jahren durch einen Autounfall ums Leben gekommen und mit der übrigen Familie hatte er keinen Kontakt. Emelie gab die Hoffnung nicht auf, dass doch noch alles gut werden könnte. Tage des Hoffens und des Bangens vergingen... sie betete... Ängste... Wünsche... bis sie einen Anruf aus dem Krankenhaus bekam. "Kommen sie sofort zum Krankenhaus!" Ein Schreck durchfuhr sie. "Nein... es war alles gut." Sie setzte sich sofort in Bewegung. Als sie das Zimmer betrat, schaute Jeff sie erwartungsvoll an. Emelie trat an sein Bett, nahm seine Hand und sagte: „Ich liebe dich." Er weinte. Sie küssten sich und der abgebissene Arm war nicht mehr in ihren Gedanken... DIE LIEBE EBEN...

Die Wendeltreppe

Das alte, sehr gepflegte Herrenhaus stand inmitten eines Weingutes. Agathe und Antonio waren adelige Leute und bewohnten es schon lange. Agathes erster Ehemann, Bernhardt, starb sehr früh. Es war keine Liebesheirat, sondern eine Zweckverbindung. Sie konnte das Weingut jedoch nicht allein bewirtschaften. Auf einer Reise durch Italien lernte sie Antonio kennen. Er wusste nicht, dass Agathe eine Adelige war. Er verliebte sich in sie. Antonio selbst ist ein gepflegter Mann mit sehr guten Manieren. Agathe ließ sich von Antonios Charme einwickeln und verliebte sich ebenfalls. Sommelier war Antonio von Beruf und reiste durch Europa. Er war ein Experte, was den Weinanbau und das Keltern anging. Jeder Winzer war auf seine Meinung und seinen Rat angewiesen. Agathe zeigte Antonio das Weingut. In ihrem Lancia Cabriolet fuhr sie kreuz und quer durch das Land. Antonio hatte nur noch Augen für Agathe. Es war seine ganz große Liebe. Irgendwann wollten sie Kinder haben, jedoch dieser Wunsch blieb ihnen verwehrt. Das Weingut war sehr erfolgreich und viele Höhen und Tiefen erlebten beide gemeinsam. Ohne den anderen Partner ging es nicht. Eines guten Tages stand eine Dürreperiode an. Es regnete wochenlang nicht. Alles trocknete regelrecht aus. Ein großer Teil ihrer Ersparnisse ging drauf, damit die Arbeiter und Arbeiterinnen auf dem Weinberg bezahlt werden konnten. Denn die gesamte Weinernte fiel ins Wasser. An jeder Ecke mussten sie sparen. Das Herrenhaus wurde nicht geheizt. Weiterhin aber gab es für die Angestellten des Weingutes warmes Essen. Auch das Weihnachtsfest und die Nikolausfeier wurden ausgerichtet. Auch für Geschenke sorgten Agathe und Antonio. Doch die seelische Belastung wurde für Agathe immer unerträglicher. Sie wurde sehr krank. Über 70 Jahre alt waren beide mittlerweile und ihre Liebe war groß wie immer. Der Zusammenhalt war riesig.

Im darauffolgenden Jahr war die Traubenernte wieder sehr gut. Alles schien wieder in Ordnung zu sein. Agathe aber erholte sich schlecht von ihrer Krankheit. Antonio arbeitete fleißig auf dem Weingut. Er war sehr besorgt um seine große Liebe und versorgte Agathe sehr liebevoll. Eines Tages, es war ein warmer Spätsommer, die Sonne ging im Westen unter. Agathe beobachtete den Sonnenuntergang. Sie fühlte sich sehr schwach und fragte ihren Geliebten nach einem Glas Wein. Es sollte ein besonderer Wein sein. Eine Flasche aus ihrem Hochzeitsjahr. Im Weinkeller lagerte er wohl temperiert über Jahrzehnte. Es war ein Gewölbekeller, 5 Meter unter dem Herrenhaus. „Liebster, hole uns eine Flasche Wein herauf. Aber bitte halte Dich gut am Geländer fest denn die Wendeltreppe ist gefährlich. Ich liebe Dich und freue mich auf gleich.", sagte Agathe. Antonio freute sich darüber und ging langsam die Wendeltreppe herauf, nicht etwa hinab! Es wurde immer heller mit jeder Stufe und heller und immer heller. Oben angekommen nahm ihn seine geliebte Frau Agathe in die Arme und sagte: „Liebling, jetzt sind wir für immer zusammen, für immer und ewig.“

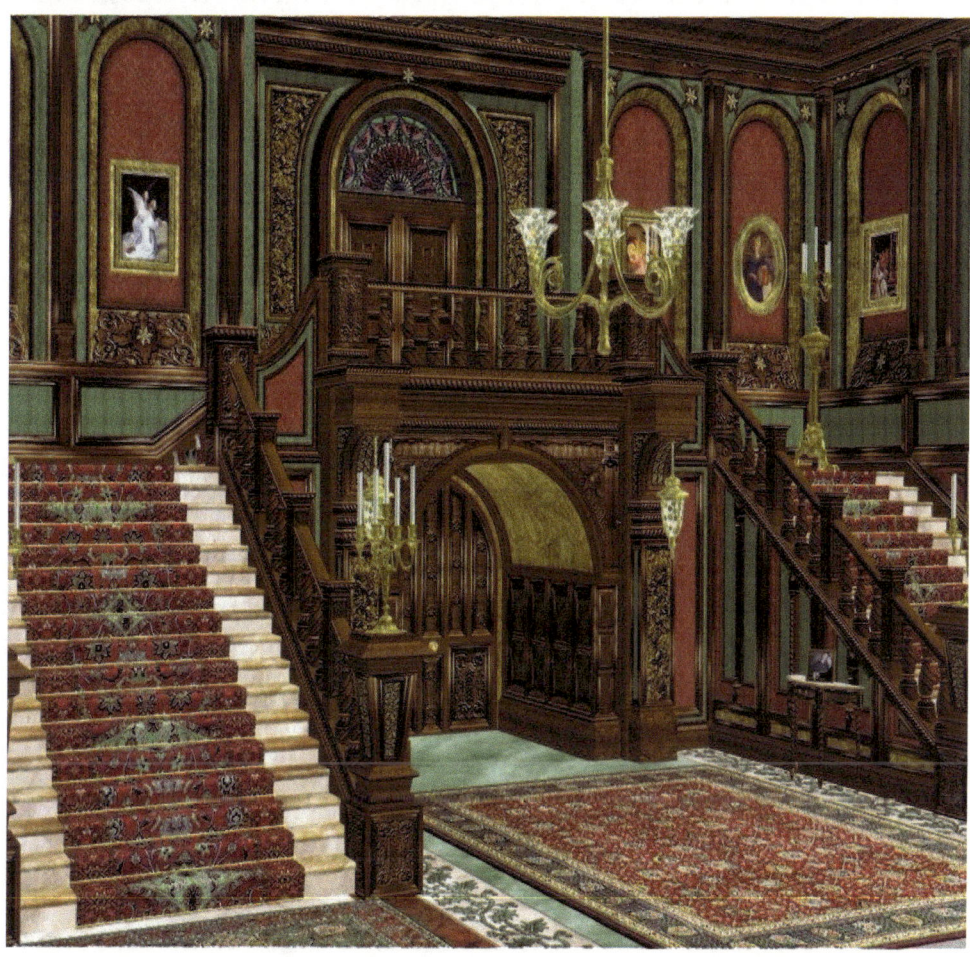

Doppelleben

Rita und John Franklin bewohnten einen exklusiven
Bungalow in Texas. John war Schriftsteller. Er schrieb
Kriminalromane, die in der ganzen Welt beliebt waren.
Sein Büro, in das er sich den ganzen Tag zurückzog, bis
auf einige Stunden täglich, die er außer Haus war, lag
etwas außerhalb des Hauses… ein kleiner Anbau mit
separatem Eingang. Johns Bücher liefen sehr gut.
Finanziell waren beide abgesichert. Ja, man konnte
schon fast sagen, dass sie reich waren. Seit einigen
Jahren gab Rita noch Reitstunden. Das Geld das sie
damit verdiente, steckte sie immer wieder in den Kauf
neuer Pferde. Die Angestellten, die die Ställe sauber
hielten und die Tiere versorgten, mussten auch bezahlt
werden. Eines Tages kam John vom Verlag nicht zurück.
Er wollte dort einen Vertrag für sein neues Buch
aushandeln. Am Abend schellte es an der Tür der
Franklins und zwei Ranger schauten Rita mit ernster
Miene an. „Sind Sie die Frau von Mr. Franklin?“, sagte
einer der beiden riesigen Männer. „Ja, die bin ich. Was
gibt es denn? Was ist los? Wo ist mein Mann?“… „Wir
müssen Ihnen leider mitteilen, dass ihr Ehemann John
schnurgerade vor einen Baum gefahren ist. Wir
vermuten Selbstmord. Er war sofort tot.“… „Aber warum
sollte sich mein Mann umbringen?“, sagte Rita. „Er hatte
keinen Grund dazu. Uns geht es sehr gut.“… „Es muss
einen Grund gegeben haben.“, sagte der Ranger. „Das ist

zu viel für mich.", meinte Rita Franklin und brach zusammen. Einige Monate dauerte es, bis Rita das Büro ihres Mannes betreten konnte. Ein riesiger Berg Arbeit lag vor ihr. Berge von Akten mussten sortiert und durchgesehen werden. Nie hatte sich die noch relativ junge Frau Gedanken gemacht, was ihr Mann wohl in seinem Büro machte. Wie sollte sie sich in diesem Chaos jemals zurechtfinden? Rita fing an. Angefangene oder nicht zu Ende gebrachte Geschichten, Manuskripte und Notizen. Unterlagen für die Versicherung und vieles mehr. "John hatte einfach keinen Ordnungssinn.", dachte sie. Plötzlich stieß sie auf einen Ordner mit der Aufschrift: "Nicht lebenswert"

Was sollte das bedeuten? Sie fing an zu blättern. Sie fand Abrechnungen einer Bar. Belege von anderen diversen Einnahmen und noch viele dubiose Schriftstücke, aus denen sie nicht schlau wurde. Ihr blieb das Herz fast stehen und sie sträubte sich dagegen, dies alles zu glauben. Es war eine Tatsache, dass John Franklin ein Doppelleben führte. Geschickt hatte er vor Rita alles geheim gehalten. Sie hörte nur immer, wenn er sagte: "Ich muss noch einmal in den Verlag, ein paar Unterschriften leisten." Er war Zuhälter, Barbesitzer und hatte seine Finger im Drogengeschäft. Für Rita Franklin brach eine Welt zusammen. Tagelang lag sie im Bett, wollte nicht mehr leben. Aber es nutzte alles nichts, sie musste wieder in das Büro ihres verstorbenen Mannes. Rita suchte weiter nach einer Antwort.

Endlich stieß sie auf einen Briefumschlag. Sie machte ihn auf und fing an zu lesen.

Meine geliebte Rita!

Wenn Du das liest, wirst du verzweifelt und gekränkt sein. Du wirst den Glauben an die Menschheit verlieren und bereuen, dass Du mich jemals geheiratet hast. Aber glaube mir, Rita, ich habe nie gewollt, dass so was passiert. Ich wollte nur ein glücklich verheirateter Schriftsteller sein. Aber es kam anders. Leider war ich an diesem Abend betrunken und habe alles unterschrieben, was man mir vorlegte. Wir suchten eine Nackt-Bar auf. Jeff feierte den Erfolg seines zweiten Buches und der Sekt floss in Strömen. Alle hatten schon sehr viel getrunken und Tom der Wirt setzte sich auch noch dazu. Tom war hoch verschuldet, konnte die Bar kaum noch halten. Er nutzte die Gelegenheit aus und legte mir einen Vertrag unter die Nase, in dem ich mich verpflichten sollte, seine Schulden, seine Bar und seine Nebenbeschäftigungen zu übernehmen. Da ich nicht mehr fähig war einen klaren Gedanken zu fassen, unterschrieb ich alles. Das war mein Todesurteil. Ich musste die Bar wieder flott bekommen und Jeffs Schulden abtragen, die in erheblicher Höhe angelaufen waren. Dass ich dadurch auch in krumme Geschäfte verwickelt wurde, konnte ich nicht ahnen. Es tut mir alles so Leid, Rita. Wenn du diesen Brief liest, werde ich schon tot sein.

Dein John

Rita Franklin zog wieder nach New York und baute sich von dem Verkauf des Hauses und ihren Ersparnissen ein neues Leben auf. So schnell wie möglich wollte sie alles vergessen. Ein Buch ihres Mannes wollte sie nie wieder in die Hände nehmen.

Ein gemeiner Mord

Ich heiße Sonja und bin 45 Jahre alt geworden. Schade, denn ich hatte das Leben noch vor mir. Als Tochter eines amerikanischen Eisfabrikanten hatte ich nur Luxus im Kopf, wobei ich aber meine Ausbildung sehr ernst nahm. Mein schulischer Werdegang ging sehr zügig voran. Das Studium der Naturwissenschaften machte ich im Handumdrehen. Mit 30, kurz nach dem Studium, lernte ich einen attraktiven Mann kennen. Etwas älter war John und Lehrer am dortigen College. Wir liebten uns sehr. Oft saßen wir abends stundenlang und diskutierten über Gott und die Welt. John war ein sehr gläubiger Mensch und konnte nicht verstehen, dass es so viel Schlechtes in der Welt gab. Wir meditierten jeden Abend miteinander. Ich hatte meinen Dr. Titel in Biologie gemacht und war sehr stolz darauf. Endlich hatte ich die Möglichkeit mit meinem Liebsten nach Texas zu gehen. Dort bekamen wir sofort eine Anstellung an einer Universität. Eigentlich waren wir glücklich, doch eines Abends, als ich von der Uni nach Hause fuhr, folgte mir ein Taxi. Der Fahrer des PKWs wurde immer dreister und fuhr schneller und schneller. Leider war mein Mini schon 10 Jahre alt, sodass ich ihm nicht entkommen konnte. John hatte auch an diesem Abend das Essen gemacht. Dadurch, dass er früher zu Hause war als ich, übernahm er die Aufgabe. John wartete. Ich kam nicht. Es wurde spät. John fuhr die Strecke ab, die ich immer nutzte um schnell zu Hause zu sein. John fand meine Schuhe am Wegesrand. Ein paar Meter weiter ein abgerissenes Stück von meiner Bluse. Ich musste mich heftig zur Wehr setzen, was mir letztendlich nichts nutzte. Jetzt handelte mein Liebster sofort und rief die Kriminalpolizei an. Es wurde zügig gehandelt und alles in die Wege geleitet. Die Beamten sicherten die Fundstücke. Aber sonst fanden sie nichts. Eine riesige Suchaktion wurde gestartet. Aber auch nach Wochen konnte keiner den Mord an mich aufklären. Als John schon fast den Glauben an die Menschheit verlor, geschah etwas, dass er nicht fassen konnte.

Etwa drei Monate nach meinem Verschwinden klingelte es abends an der Tür. Meine Schwester, die falsche Schlange, stand vor ihm. „Was wollen Sie?", fragte John. Was sie wollte war doch klar. Sie wollte das Geld aus meiner Lebensversicherung. Ich hatte einen sehr fatalen Fehler gemacht, als ich meine geldgierige Schwester als Begünstige in meine Police eintragen ließ. John sagte ihr vor den Kopf, dass er mit ihr nichts zu tun haben will. Er wusste genau wie falsch sie war. Kam uns nur besuchen wenn sie etwas wollte; und ich falle darauf rein. Ihre Mitleidsmasche hatte mich das Leben gekostet. Wochen später wurde meine Leiche gefunden. Man stellte fest, dass ich erdrosselt wurde. Anschließend hat man mich entsorgt wie einen Müllsack. Nur eines fanden sie noch nicht, das Beweisstück, eine goldene Brosche mit

Türkise. Abgebrüht wie diese Hexe war, ging sie zur Polizei und fragt nach dem Ermittlungsstand. Sie bekam keine Antwort, sondern machte sich nur verdächtig. Nach ihrem Alibi wurde sie gefragt, da man fast den genauen Todeszeitpunkt ermitteln konnte. In Ausreden war dieses Biest ja nie verlegen. Sie wurde ausgefragt, wie das Verhältnis zu mir denn wäre und noch vieles mehr. Schnell fand die Polizei heraus, dass sie das Geld aus der Versicherung bekommen sollte. Jetzt kam man dem Fall schon etwas näher. Einen dubiosen Freund hatte sie, der auch nichts hatte, sondern ständig Schulden machte. Außerdem war er vorbestraft. Mit so einem Ganoven hatte sie ein Verhältnis, diese Schlampe. Und ich hab' ihn quasi mit unterstützt. Na ja, was soll es, jetzt brauche ich mich wohl nicht mehr darüber aufregen. Jedenfalls gingen die Ermittlungen in meinem Fall weiter. Einige Wochen später klopfte die Kripo an unsere Tür. Es wurde eine Brosche gefunden, sagte zu man John. Wcm denn diese gehöre, wollte man wissen. Es kam keine Antwort. John wollte einfach nur seine Ruhe haben. Er war ein gebrochener Mann. Es sollte noch einige Zeit vergehen, bis man darauf kam, dass meine Schwester mich aus Habgier umbringen ließ. Diese Giftnatter hatte es nicht anders verdient. Gut, dass man die Brosche fand, sonst würde ich mich im Grab umdrehen, wie man so schön sagt. John bekam dann nach langem Hin und Her das Geld von der Versicherung. Na ja, wenigstens etwas Erfreuliches.

Jedenfalls hatte ich eine tolle Beerdigung und freue mich, dass John wieder eine neue Frau hat. Wie schnell das doch ging. Na, ja was soll's.

Ein Traumpaar

Auch heute wurden Regina und Frank wieder bewundert. Als sie die „Seven Pay Bar" besuchten. Regina trug ihr schwarz- weißes Kleid. Alle warfen dem Paar neidische Blicke zu. Immerhin war Regina schon über 40 Jahre alt. Aber es kann auch über 50 sein. Beide machten aus ihrem Alter ein Geheimnis. Auch Frank war ein attraktiver Mann im besten Alter. In der heutigen Zeit sind Entfernungen ja kein Problem. Als sich beide im Internet kennen und lieben gelernt haben und herrliche Wochenenden miteinander verbracht hatten, zogen sie auch sehr schnell zusammen. Sie war Managerin, er Ingenieur. Beide waren im Netz sehr arrangiert. Beide merkten erst viel zu spät, dass sie verfolgt wurden. Gitte war eine sehr ehrgeizige Frau. Sie könnte sich Udo gut an ihrer Seite vorstellen.

Es begann mit harmlosen Mails die sie Frank schrieb. Er beantwortete immer sämtliche Anfragen von Lesern. Anfangs fühlte sich Frank von Gittes Aussagen geschmeichelt. Er schrieb aber immer wieder nach solchen Anfragen von Lesern den gleichen Text zurück. Wie immer saß Frank am Freitag noch spät im Büro. Er kontrollierte ein letztes Mal sein Mailkonto.
„Hilfe, ich brauche Hilfe, schnell, meine Nr. ist 013............ „

Ohne zu zögern rief Frank die Nummer an. Er wollte helfen. Gitte war am Ende der Leitung zu hören. Sie gestand ihm seine Liebe.

Frank legte auf, ging aber in die Falle. Es folgte viele Anrufe und SMS-Nachrichten. Auch die Adresse fand Gitte heraus. Sie schickte ihm erst Blumen. Dann Drohungen. Es steigerte sich von Tag zu Tag. Frank schaltete die Polizei ein.

Gitte schaltete in den höheren Gang. Als sie mit dem Auto Regina anfuhr, um sie zu eliminieren, besorgte sich Frank einen Wachhund für sein Anwesen. Gitte besorgte sich eine Waffe. Frank schwor seine Regina ewige Liebe. Gitte schwor Franks Tod. Ihre Wahnvorstellungen stiegen jeden Tag. Sie forderte Frank an ihre Seite. Sie forderte seine Liebe. Er forderte endlich Rufe.

Eine letzte SMS. „Liebe mich oder ich töte deine Seele." Frank blieb hart und Gitte erschoss sich.

Nun sitzen Regina und Frank wieder bei einem Glas Wein in der Bar. Aber erst wieder nach 8 Monaten Physiotherapie.

Eine Amerikanische Liebesgeschichte

Unsere Geschichte spielt in Boston um 1955. Jack Preston war ein sehr gut aussehender junger Mann. Er besaß eine eigene Firma. Sein Getränkeunternehmen lief wie geschmiert. Ihm und seiner Frau ging es gut. June Warden ging es auch gut. Sorgen hatten sie keine. June war ein paar Jahre älter und arbeitete regelmäßig in der örtlichen Kirchengemeinde und organisierte Veranstaltungen. Beide hatten Familien und lebten nebeneinander. Jack und June waren in ihrer Jugend schwer verliebt ineinander. Aber das Schicksal wollte es anders. Jack Preston lernte Elly kennen. Und June Warden ihren jetzigen Ehemann Dan.

Aber immer dann, wenn sich Jack und June zufällig irgendwo trafen, knisterte es zwischen ihnen, wie damals. Sie liebten sich immer noch sehr. Sie nutzten jeden Moment der Begegnung, um sich berühren zu können. Eine Umarmung und ein leises „I love you" kamen dann über ihre Lippen. Jacks Sohn war 5 Jahre alt und die Tochter von June, Cathrin, war elf Jahre alt. Sie nannten sie nur Cat weil sie Naturlocken hatte und es sah aus, als hätte sie eine Löwenmähne gehabt. Cat war ein bildschönes Mädchen. In der Stadt wurde ein kirchliches Fest gefeiert und June und Jack waren für die Organisation zuständig. Sie fuhren gemeinsam dort hin. Da beide Familien befreundet waren, gingen ihre

Ehepartner derweil zum Tennis. Um 17 Uhr fuhr Jack seinen Trans Am, sein ganzer Stolz, auf die Straße. June stieg ein, nahm seine Hand und blickte ihn verliebt an. Endlich ergab sich wieder eine Gelegenheit mit Jack allein zu sein. Ein leises „I love you" kam Jack wieder über die Lippen. Während der Fahrt erzählten sie von ihren Kindern. In einem Augenblick, wo beide durch das intensive Gespräch abgelenkt waren, kam ein riesiger Track ungebremst auf sie zugerast. Der Schuh des Track-Fahrers verklemmte sich im Gaspedal. So ermittelte es Sheriff Johnson. Jack und June starben viel zu früh. Aber noch im Tod hielten sie sich an den Händen fest und schauten sich an. Die Zukunft ihrer Kinder konnten sie nicht mehr miterleben.

Boston im Jahre 2000...

John und Cat, blieben in ihrer Heimatstadt. Sie waren allein, da auch ihre anderen beiden Elternteile mittlerweile verstorben waren. Aber ihre Freundschaft war einzigartig. Der Tod der Eltern hat sie eng zusammen geschweißt. Es hätte eigentlich eine wunderbare Beziehung werden können, aber es sollte auch hier anders kommen. John hatte früh geheiratet. Seine Frau starb an Krebs. Er lernte Mary kennen, er mochte sie ja, aber sie war nicht sonderlich intelligent. Mary wollte nur Luxus und verlangte von ihm alles aufzugeben. Er sollte zu ihr an die Westküste ziehen.

Der Druck auf John wuchs von Tag zu Tag. Er konnte einfach nicht sein jetziges Leben aufgeben. Das ging nicht. Er würde auch sich selbst aufgeben. Mary hätte es fast geschafft. Cat wohnte nebenan und John schaute jeden Tag aus dem Fenster. Verstohlen und wehmütig schielte er zu ihr herüber. Cat war sehr traurig, dachte viel nach und grübelte. Sie liebte John, aber leider war er schon vergeben. John öffnete einen Brief. Mary war eine kaltherzige und unberechenbare Frau. Sie stellte ihm ein Ultimatum. Er zerriss den Brief. In diesem Moment blickte Cat zu ihm und schaute ihn mit ihren wunderschönen Augen an. „Hilf mir.", sagten diese Augen. Fast war es so wie 1955. „I love you". Plötzlich zuckte John wie vom Blitz getroffen zusammen. Der Geruch, der auf einmal im Raum hing, machte ihn stutzig. Jacks Rasierwasser war deutlich zu riechen und der Duft seiner Zigarre, die er immer mit Inbrunst genoss. Er rief: „Vater bist Du es?" Irgendwas stimmte nicht. John fasste einen Entschluss. Er rannte zu Cat, wollte gerade etwas sagen, aber Cat schnitt ihm das Wort ab. „Du brauchst nichts zu sagen, John. Ich habe gerade meine Mutter gespürt, sie war ganz nah bei mir, als wollte sie mir etwas mitteilen."

Beide packten das Nötigste ein, setzten sich in Johns Lieblingsauto und fuhren Richtung New York.
In der Großstadt wurden sie glücklich und waren froh auf ihr Herz gehört zu haben.

Eine nette ältere Dame

Maria Müller bestellte gerade in der Bäckerei vier Brötchen und ein Bauernbrot. Plötzlich fasste sie sich an die Brust und wimmerte: „Mein Herz, mein Herz." Dann sackte sie langsam zusammen. Bäckerin Greta Harnbacher drehte die Wählscheibe an ihrem Telefon. „Bitte schnell einen Arzt, schnell bitte. Bei Harnbacher zur alten Mühle." Eine Menschenmenge sammelte sich in der Bäckerei und davor, während alle auf den Krankentransporter warteten. Niemand bemerkte, wie zwei gutgekleidete Herren, mittleren Alters mit Aktenkoffer die gegenüberliegende Bank betraten. Es bemerkte auch niemand, wie zwei gutgekleidete Damen den daneben liegenden Juwelier betraten. Niemand merkte, wie zwei Halbstarke mit Elvis-Tolle, sich vor den Türen der Bank und des Juweliers positionierten. Die Halbstarken, in Jeans und Lederjacke, schauten regelmäßig auf ihre Uhren und gaben sich Zeichen. Währenddessen zückten die beiden Herren in der Bank, Maske und Eisen. „Jeder bleibt da, wo er gerade steht. Dies ist ein Banküberfall, wir machen Ernst und im Koffer ist eine Bombe." Der eine hielt die drei Angestellten in Schach und der andere räumte die Kasse leer. Alles Geld packte er gierig in große Tüten, die in dem Koffer waren. Derjenige, der die Angestellten in Schach hielt, stellte einen Aktenkoffer mit einem tickenden Etwas mitten in den Kassenraum. Drähte schauten heraus. Die Gauner hauten in aller Seelenruhe ab und wendeten ihre schwarzen Mäntel, sodass sie nun weiß waren. Im Juweliergeschäft spielte sich fast das Gleiche ab. Die eleganten Damen ließen sich beraten. Plötzlich hatten sie statt eines Taschentuchs einen Revolver in der Hand. Nicht sehr groß, aber sehr effektiv. Ruck-zuck räumten sie die Auslage leer. Diamantringe und Armbänder und Uhren. Einfach alles was ihnen zwischen die Finger kam. Der Juwelier und seine Angestellten hockten in einer Ecke. Vier Meter vom Not-Schalter entfernt, um bei der Polizeiwache Alarm zu schlagen. Beide sahen nicht, wie die Diebinnen eine andere Perücke aufsetzten. Diese Perücken waren schwarz. Die Mäntel der Damen wurden auch gewendet, sodass sie weiß waren. Inzwischen traf der Krankenwagen ein. Polizisten befragten die Bäckerin. Zwei Notärzte trugen auf einer Bahre die ältere Dame Maria Müller zum Krankenwagen. In diesem Augenblick gaben die Halbstarken den Männern in der Bank und den Frauen im Juwelierladen ein Zeichen. Die vier Erwachsenen gingen auf den Krankenwagen zu, zwangen die Ärzte einzusteigen und brausten mit Blaulicht los. In einem nahegelegenen Waldstück zwangen sie die ältere Dame als Geisel mit in ihren gestohlenen Fluchtwagen zu steigen. Die Bande, einschließlich der Halbstarken, floh über alle Grenzen und wurde nie wieder gesehen. Im abgestellten Koffer in der Bank war übrigens keine Bombe, sondern ein alter Wecker. Maria Müller hieß auch nicht so, sondern war die Großmutter der Bande. Auch die Enkel waren involviert. Und der Clou: Großmutter entwickelte den Plan!

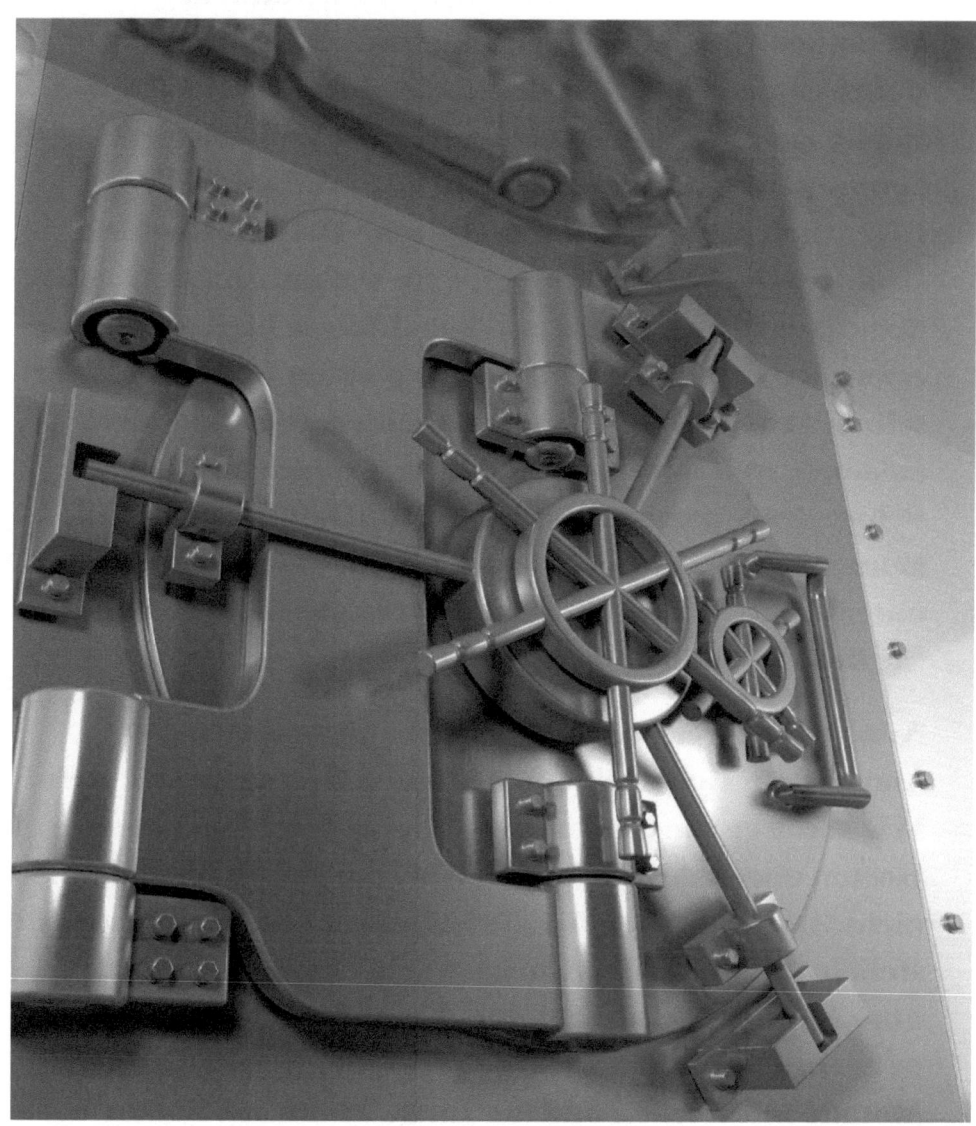

Eine Straßenbekanntschaft

Er saß in der Einkaufspassage auf einer Decke. Neben sich einen Hut liegend, in den die vorbeilaufenden Menschen eine Kleinigkeit hineinwerfen sollten. So stellte er sich jedenfalls den Tagesverlauf vor. Er selbst spielte auf einer Mundharmonika, oft Volkslieder. Er konnte sehr gut darauf spielen, fast professionell. Eigentlich war er nicht der typische Bettler, sondern strahlte etwas Mystisches aus. Er saß auf einem Hocker. Seine Augen gingen hin und her. Ludger hieß er. Ein etwa 30 Jahre alter Mann. Durch einen Unfall verlor er seinen Arbeitsplatz. Er konnte seinen Job nicht mehr ausüben, weil ihm ein Bein fehlte. Ludger fuhr einen Schwertransporter. Fast jedes Land konnte er so kennenlernen. Er liebte seine Arbeit. Seine Frau unterstützte ihn nicht, sondern trennte sich von ihm. Sie ließ ihn einfach im Stich.

Nun versucht er hier in den Einkaufspassagen von Amsterdam sich noch einen kleinen Betrag zu erbetteln. Wie sollte er sonst überleben? Seine Miete und andere Kosten übernahm das Amt. Nur zum Leben blieb ihm nicht viel, da er noch für die Schulden seiner Frau gerade stehen musste. Eine traurige Sache. Ludger schwieg über seine Lebensgeschichte. Er wollte nicht ausgefragt werden, denn er schämte sich zu sehr. Wochen und Monate verstrichen und der junge Mann saß immer noch dort, jeden Tag spielte er auf seiner Mundharmonika. Mittlerweile war es eisig kalt.

Es schneite, sodass sein Hut voller Schnee war. Trotzdem spielte er weiter und immer weiter. Die Leute liebten ihn mittlerweile und hatten sich daran gewöhnt, dass er da saß. Eines guten Tages stand Heidi vor ihm. Sie hatte schwarze kurze Haare, war schlank und sehr hübsch. Er wusste nicht wo er hingucken sollte. Wie peinlich ihm das war, dass sie ihn so sah.

Eine so schöne Frau schaute ihn fragend an und er konnte nicht entweichen. Ludger hatte ein hübsches Gesicht, darum fiel der Blick nicht auf sein fehlendes Bein. Heidi war zehn Jahre jünger. Sie kam aus einem wohlhabenden Elternhaus, hatte das Abitur gemacht und arbeitete im Krankenhaus. Mit der Zeit kamen beide ins Gespräch. Sie erzählten sich ihre Lebensgeschichten. Sie wurden immer vertrauter miteinander. Heidi lud Ludger immer öfter zum Kaffee trinken ein. Eigentlich sah sie nicht, dass ihm ein Bein fehlte, denn sie hatte sich unsterblich in diesen Mann verliebt. Ludger liebte auch Heidi. Erst hatte er Bedenken aber die Liebe war schon so groß, dass er nicht mehr zurück konnte. Heidis Eltern waren beide Ärzte und nicht damit einverstanden. Aber das junge Mädchen setzte sich darüber hinweg und brachte Ludger eines Tages mit nach Hause.

Die Prachtvilla stand am Rande des Hafens. Es war ein Sonntag. Ludger hatte sich seine besten Sachen angezogen. Heidi trat mit ihm ein. Ihre Eltern betraten den Flur des Hauses und begrüßten Ludger, obwohl sie mit der Verbindung immer noch nicht einverstanden waren. Alle setzten sich an den Tisch und Ludger fing an zu erzählen. Alles sagte er, so wie es wirklich war. Er wunderte sich über sich selbst, wie locker er wurde. Heidis Eltern hörten aufmerksam zu. Nie zuvor hatten sie eine so herzergreifende Geschichte gehört. Mitleid empfanden sie nicht, sondern bewunderten Ludger, dass er so viel Mut hatte, seinen Alltag zu meistern. Sie kamen gut mit ihm klar und mit der Zeit mochten auch sie ihn sehr.

Heidi und Ludger heirateten in Weiß und zogen in die „Amsterdamer Villa" ein. Sie wurden glücklich, obwohl Ludger älter war. Aber das wurde von dieser wunderbaren Liebe ausgeglichen. Ludger bekam eine teure Beinprothese und lernte damit laufen. Man sah nichts mehr von seiner Behinderung. Von nun an war auch er wieder ein zufriedener Mann.

Flucht in die Einsamkeit

Mitten im tiefsten Westerwald, versteckt hinter dichten Tannen, stand eine Holzhütte. Es lebte darin eine verbitterte alte Frau. Niemand wollte etwas mit ihr zu tun haben. Spaziergänger machten einen großen Bogen um das Blockhaus. Der Förster redete hin und wieder mit der alten Dame ein paar Worte und ging dann weiter. Sie wurde von der Allgemeinheit nur geduldet. Wer war sie nur? Warum lebte sie hier zurückgezogen und allein? Seit Jahren hauste sie nun schon in diesem Wald. Sie versorgte sich selbst, indem sie ein paar Hühner hielt und etwas Gemüse anpflanzte. Wenn sie zusätzlich Dinge für den täglichen Bedarf benötigte, teilte sie es dem Förster mit. Der wiederum veranlasste, dass man ihr alles Nötige beschaffte. Ansonsten fristete sie ihr Dasein fernab der Zivilisation. Keinem gelang es Kontakt mit ihr aufzunehmen. Sie kam erst heraus, wenn keine Menschen mehr zu sehen waren. Welche Geheimnisse umgaben diese Frau? Monate verstrichen und wieder kam der Winter. Hin und wieder klopfte der Förster an ihre Tür um nach dem Rechten zu sehen. Sie öffnete an diesem Morgen nicht. Der Waidmann wurde misstrauisch und veranlasste, dass man die Tür aufbrach. Offenbar war die Frau gestürzt und hatte sich das Fußgelenk verstaucht, sodass sie nicht öffnen konnte. Das hohe Alter spielte sicher auch eine Rolle dabei. Ein Sanitäter wurde gerufen, der sich der Dame annahm. Sie war sehr dankbar und froh, dass sie nicht ins Krankenhaus musste. Ungefragt fing sie plötzlich an zu reden: „Vor vielen, vielen Jahren, meine Kinder waren noch klein, wurde mein Mann schwer krank. Kein Arzt konnte ihm mehr helfen. Er hatte Krebs im ganzen Körper. Auch Schmerzmittel halfen nicht mehr. Immer wieder bettelte er mich an, ich solle ihm doch helfen zu sterben. Ich konnte es aber nicht. Ich konnte aber auch nicht mehr mit ansehen, wie er sich quälte. Dann irgendwann, nachdem er mich wieder anflehte, ihm doch zu helfen und bitterlich weinte, besorgte ich das Gift und tat es. Im Saft aufgelöst, gab ich es ihm zu trinken. Er legte sich hin, wir verabschiedeten uns noch und innerhalb kurzer Zeit schlief er ein. Nach einem langen Gerichtsprozess wurde ich freigesprochen. Meine Kinder haben sich von mir abgewandt, leben in Amerika. Ich hatte mich aus lauter Traurigkeit aus der Öffentlichkeit zurückgezogen und lebe nun hier. Mich stört niemand und es kennt mich auch keiner. Bis auch ich sterben muss, möchte ich gerne hierbleiben."

Alle Emotionen der Zuhörer wurden durcheinander geworfen. Letztlich siegte das Mitleid für die alte Frau. „Verstehen Sie? Ich habe nichts mehr. Ich habe alle Menschen verloren.", fuhr sie fort. Sie konnte noch in dieser Hütte wohnen bleiben, bis sie einige Monate später an Altersschwäche und gebrochenem Herzen starb.

Omas letzter Auftrag

Wir erinnern uns noch alle, als Großmutter Maria Müller mit ihrer Bande, 2 Söhne, 2 Schwiegertöchter und 2 Enkel, gleichzeitig eine Bank und ein Juweliergeschäft überfiel und dann im Krankenwagen flüchtete. Ob in Spanien oder Italien, sie wurden nie gefasst. Aus der Zeitung wusste die Großmutter vom Geldtresorraub in Esslingen. Von den vier Stammtischfreunden aus Herne. Roland Esser, Freddy Lindenwald, Günther Farber und Holger Biermann, drehten 1950 das Ding. Freddy und ihr Sohn Paul waren seit der Kindheit miteinander befreundet. Des Öfteren trafen sich beide in Rom. Das Geld der Jungs aus Herne war langsam aufgebraucht. Maria Müller war zwar eine sparsame Oma, aber sie wollte auch ihre Familie abgesichert sehen. Großmutter kam auf den idealen Plan, ein großes Ding zu drehen. Sie war über 80, hatte aber immer noch genügend Power für solche Dinge. Sie wusste, dass sie irgendwann an Krebs sterben würde, aber ihr Geist litt nicht darunter. Nach zwei Wochen stand der Plan. Alle machten sich mehr oder weniger einen Spaß daraus. Nur Maria Müller war tot ernst.

Mit 40.000 Lire bestach Oma Müller den Wachmann eines Geld- und Gold Transporters. Die Orte und Ankünfte stimmten. Nur Sergio lachte darüber und dachte, dass die Oma nichts auf die Beine bringen würde. Aber das Geld nahm er gerne an. Einen italienischen Sportwagen wollte er sich kaufen. Jeder erhielt von Großmutter eine Order. Roland und Freddy hielten an eine, auf dem Weg gelegene, Autowerkstatt. Omas Söhne kauften in Rom einen ähnlichen Transporter. Er wurde umlackiert mit der Aufschrift SECURITY. Der große Tag kam. Maria Müller überließ nichts dem Zufall. Für sie war es das letzte Ding.

Der Krebs ist sehr weit fortgeschritten. Sie wusste von Dr. Alberto, dass es noch wenige Wochen waren. „Oma", sagte ihr Enkel Toni, „wie sollen wir den Transporter anhalten?"… „Sei unbesorgt", so die Oma, „ich sorge dafür." Alle waren bereit. Maria ordnete zwingend an, dass man sich nicht um sie kümmern müsse, denn sie habe alles im Griff. Die Zeit war reif.

Der Geldtransporter wollte auf die Hauptstraße biegen. „Pass' auf!", schrie ein Wachmann! „Du überfährst die alte Frau dort." Schon passiert. Die Wachmänner stiegen aus. Sofort wurden sie überwältigt. Holger Biermann raste los zur Werkstatt. Vorne rein und hinten wieder raus. Alle waren mit Sprühpistolen ausgestattet und lackierten in unglaublichen zehn Minuten den Transporter in Rot um. Freddy stellte den in Rom verkauften Transporter auf ein abgelegenes Feld ab und steckte ihn an. Marias Enkel holte ihn ab. Alle trafen sich

50 km hinter Rom, teilten den Erlös und verschwanden. Ein Brief lag in der Werkstatt:

Es wird alles klappen, ich liebe Euch. Aber mein Krebs zwingt mich zu einer nicht angenehmen Tat. Wenn Ihr das lest, werde ich nicht mehr leben. Bitte lebt Euer Leben.

In Liebe eure Oma

Im Schatten des Geldes

Meine Geschichte spielt in New York. In einem kleinen Restaurant, „**Planet Hollywood**", arbeitete Sara, eine 35 jährige junge Frau. Sie verdiente für sich und ihre Eltern den Lebensunterhalt. Vater und Mutter sind sehr krank, können sich keine Krankenversicherung leisten und sind daher auf Sara angewiesen. Sara beklagt sich nie und nahm aus Angst, ihren Job verlieren zu können, die schlechten Launen der gestressten Gäste und ihres Chefs in Kauf. Eines Morgens ging die Drehtür des Restaurants auf und ein gutgekleideter Mann mittleren Alters kam herein. Er setzte sich an den Tisch und bestellte etwas. Sara schaute ungläubig. Niemals rechnete sie damit, dass solche Leute einen Fuß in dieses Restaurant setzen. In der Nähe gab es Kurierdienste, Taxi-Unternehmen und andere Dienstleistungsangebote... Hektik herrschte in der Straße, die sich auch auf das Schnellrestaurant übertrugen... und nun kommt dieser gutaussehende, überlegene Mann herein und verbreitet eine ruhige Atmosphäre. Leider hatte Sara durch den Stress keine Zeit zu träumen... Als sie kassieren wollte, stellte er sich vor. „Mein Name ist John Breston, ich arbeite hier an der Börse. Man sagte mir, dass das Essen bei Ihnen sehr gut ist, aber hauptsächlich bin ich hier, weil sie mir schon länger aufgefallen sind." Sara war etwas verlegen, konnte ihre Blicke aber nicht abwenden. „Darf ich Sie morgen

Abend zum Essen ausführen?" fragte Breston. Sara antwortete schnell: „Aber ich kenne Sie nicht, wie käme ich dazu? Ich will es mir trotzdem überlegen." Kurz darauf verschwand Breston wieder, legte seine Visitenkarte neben die noch halb gefüllte Kaffeetasse. Warum sollte sie eigentlich nicht mit ihm ausgehen? Seine Art, seine Ausstrahlung und sein Benehmen haben ihr doch sehr gefallen. Sie nahm allen Mut zusammen, rief ihn an und verabredete sich mit Breston. Am späten Abend, nach ihrem Date, rief sie ihn an und sagte: „Es war schön, ich habe den Abend sehr genossen, ich habe mich in Ihrer Gegenwart sehr wohl gefühlt." Von nun an verabredeten sie sich regelmäßig. Mit der Zeit fing sie an ihn zu mögen und er sie auch. Könnte mehr daraus werden? Ihre Kolleginnen im Schnellrestaurant würden es ihr so sehr wünschen, trug Sara doch ein schweres Schicksal, etwas Ausgleich wäre schön.

Doch eines guten Tages kam er nicht mehr. Sara verzweifelte. Hatte sie etwas falsch gemacht? Hatte sie sich falsche Hoffnungen gemacht? Hat er es nicht ernst gemeint? Oder war ihm etwas zugestoßen? Es verging eine Woche, er kam nicht. Sara wurde immer unruhiger... sie verzweifelte... sie hatte Angst um ihn... sie musste etwas unternehmen. Sie fuhr die Hotels und Restaurants ab, in denen er verkehrte, sie fuhr die Börsenplätze und Büros ab. Plötzlich blieb sie vor dem Eingang des Wellington-Hotels stehen, sie traute ihren

Augen nicht. John stieg mit zwei Frauen in bester Feierlaune aus dem Taxi aus. Sie gingen in dieses noble Hotel. Aber im letzten Moment konnte John noch erkennen, dass Sara am Eingang stand. Für sie brach eine Welt zusammen! Warum nur! Sie liebte ihn doch! Er sprach doch auch von Liebe! Jedenfalls sagte er es immer. Was ist passiert?

Sara hatte schlimme Stunden... sie verzweifelte... sie dachte an... NEIN! Da waren noch ihre zu pflegenden Eltern... NEIN, sie musste weiter machen, musste an das Morgen denken! Aber auch John erlebte schlimme Stunden, nachdem er Sara im Hoteleingang erkannt hatte, quälte ihn sein Gewissen, er schickte die beiden Frauen zum Taxi zurück... ging in seine Suite... weinte...

Am darauffolgenden Morgen bekam Sara einen Anruf von ihm. Er bat, ja, er bettelte darum mit ihr reden zu können. Sara gab nach und sagte: „Gut, dann komm' heute Abend zu mir." John kam, setzte sich und wusste nicht wie er anfangen sollte. „Sara, ich war ein Trottel. Ich habe unsere Liebe aufs Spiel gesetzt, nur weil ich mich deinetwegen geschämt habe. Ich habe erkannt, dass geliebt zu werden viel mehr wert ist, als alles Geld der Welt. Kannst Du mir verzeihen?"... „Es fällt mir nicht schwer, John, denn ich liebe Dich wirklich und von ganzem Herzen." Sie umarmten sich, Tränen flossen... John führte Sara in die Gesellschaft ein, er merkte, was für ein Juwel sie doch gewesen ist, ja, er war und ist sehr stolz auf Sara... Sara und John heirateten.

Sie vergaßen nicht etwa die Vorkommnisse... nein, sie verschwanden durch die aufrichtige Liebe aus ihren Köpfen... fragt man Sara und John heute danach... ... ... sie wissen es nicht mehr...

Niemand will unser Glück teilen

Brigitte hatte viel durchgemacht im Leben. Ihre kranke Mutter, die sie pflegte bis zum Tod. Kindererziehung und einen Tyrannen von einem Mann, musste sie ertragen, bis auch er starb, vor einem Jahr. Brigitte Reimers war 58 Jahre alt. Noch sehr hübsch und aktiv. Jedoch konnte sie sich nicht mit dem Gedanken abfinden, nie mehr einen Mann kennen lernen zu können. Aber es kam ganz anders. Obwohl ihre Kinder nicht damit zurechtkamen, hatte sie sich unsterblich, in einen gutaussehenden jüngeren Mann verliebt. Der Altersunterschied war nicht gravierend. Nur ein paar Jahre war Brigitte älter. Die Liebe war so groß, dass sie schon nach kurzer Zeit zusammen zogen. Das Internet hatte diese Beziehung möglich gemacht. Olaf war ein gestandener Mann, hatte studiert und war sehr liebevoll und zärtlich zu Brigitte. Sie lebten in einer kleinen Stadt in Belgien.

Eines Tages, sie kamen gerade vom Einkauf zurück, mussten sie feststellen, dass die Haustür aufgebrochen war. Im Flur des Hauses lag ein Brief, auf dem stand, dass es den beiden schlecht gehen würde, wenn sie zusammen bleiben würden. Brigitte und Olaf durchzog ein Schauer. Wie oft wurden sie schon in der letzten Zeit angefeindet. Niemand gönnte ihnen das Glück. Neid und Missgunst bekamen die beiden häufig zu spüren. Warum gönnte man ihnen die Liebe nicht?

Man ließ sie einfach nicht in Ruhe. Zum Glück wurde nichts gestohlen. Einige Tage später war der Einbruch fast vergessen, doch es ereignete sich wieder etwas. Das Garagentor war aufgebrochen. Und alles Mögliche an Werkzeug wurde gestohlen. Auch andere wichtige Dinge. Olaf wurde nachdenklich: „Was sind das nur für kranke Menschen?" Brigitte weinte: „Kommen wir denn niemals zur Ruhe?" Auch dieses Mal wurde dieser Vorfall nach einiger Zeit vergessen. Nichts passierte mehr und sie konnten endlich ihr Zusammensein genießen. Leider hatten sie nicht damit gerechnet, dass der Terror per Telefon weiterging. Es klingelte den ganzen Tag. Immer wenn Brigitte den Hörer abnahm und sich meldete, wurde am anderen Ende wieder aufgelegt. Wer war das? Olaf, war das Spielchen leid. Und ließ die ankommenden Anrufe überprüfen. Sie wurden zurückverfolgt.

Eines Tages, klingelte es an der Tür. Ein Polizist stand vor Brigitte. „Mein Name ist Bernd Henkel. Ich bin der zuständige Polizist hier im Umkreis. Wenn Sie Probleme haben, müssen Sie sich an mich wenden. Nun komme ich in einer ernsten Angelegenheit. Sie hatten uns angerufen, dass Sie per Telefon weiterhin belästigt werden. Wir haben die Anrufe verfolgt und müssen ihnen leider mitteilen, dass diese Angriffe von ein und derselben Person durchgeführt wurden. Es war ein Familienmitglied, Ihnen bestens bekannt. Frau Reimers, ich muss Ihnen sagen, es ist ihr Sohn. Er gönnt Ihnen wohl Ihr Glück."

Am nächsten Morgen, mussten sie zur Wache und der Sohn von Brigitte Reimers wurde auch geladen. Nach einer gründlichen Aussprache stellte sich heraus, dass er mit dieser Situation nicht fertig wurde. Seine Mutter hätte sich grundlegend verändert. Sie war nicht mehr die, die er kannte.

Nein, sie hatte sich weiterentwickelt, wurde eleganter und schlanker. Er erkannte seine Mutter nicht mehr als Mutter wieder. Aber ins Geheim war er doch stolz, wie sie jetzt so verändert war.

Brigittes Sohn akzeptierte dann doch, dass seine Mutter ein Recht darauf hatte glücklich zu sein.

Knockout

Die fünfte Runde brach an. Toni hatte schon mehrere Treffer hinnehmen müssen. Irgendwie war Baxxter übermächtig. Dabei hatte Toni wirklich viel trainiert. 42 Sekunden sind schon wieder vorbei. Linda, seine Frau konnte es kommen sehen. Sie saß genau hinter den Ringrichtern. Eine schwere linke, traf Toni. Knockout. Von Beginn des Kampfes an, sah Linda alles wie in Zeitlupe. Sie sah ihren Mann Toni an und wusste, dass etwas nicht stimmen würde. Sonst tänzelte er immer im Ring, blinzelte ihr zu. Jetzt ein starrer Blick. Toni war von Kindheit an ein ehrgeiziger und fleißiger Boxer. Schon im Kindesalter kannten sie sich. Mit 17 verliebten sich beide ineinander und hatten großartige Träume. Linda begann eine Ausbildung in einer Bäckerei. Tonis Leidenschaft war immer an alten Motoren herumzuschrauben. Eine Ausbildung wollte Toni nicht machen, denn er wollte sofort das große Geld verdienen. Er wollte seiner Linda einiges bieten können. Er nahm auf dem nahegelegenen Schrottplatz einen Job an und konnte somit seiner Leidenschaft nachgehen. Gutes Geld machte er damit zwar nicht, aber privat Autos reparieren, brachte gute Nebeneinkünfte.
Toni hatte einen durchtrainierten Körper. Eine V- Figur, breite Schultern und ordentlich Muskelmasse. wie gesagt, mit 12 Jahren begann er, mit dem Boxen. Er war sehr erfolgreich. Je höher die Gewichtsklasse, umso

härter wurden die Kämpfe. Linda bat Toni immer und immer wieder, lieber eine Ausbildung zu machen. Beide hatten eine kleine Wohnung, ein liebevoll eingerichtetes Wohnzimmer und ein verspieltes Schlafzimmer, welches sie ihre Spielwiese nannten. Für Linda war es das Paradies. Und jetzt? Jetzt sah sie Toni, wie in Zeitlupe zu Boden fallen. Alles ging ihr nun durch den Kopf. Toni erhielt hohe Preisgelder. Aus der kleinen Wohnung wurde ein prachtvolles Haus. Zwei Sportwagen für Toni. Luxus-Kleider für Linda. Sie war eine Frau, die sich vom großen Geld verführen ließ. Aber war es das wert? Tonis Körper fiel immer weiter zu Boden, immer weiter. „Was nutzt uns der Luxus, wenn meinem Mann etwas zustößt.", dachte Linda. „Mein Gott, ich will alles wieder eintauschen", schrie sie über die Ringrichter hinweg. Sie rannte los. Tonis Körper fiel hart zu Boden. Man hörte nur ein Knacken. Linda wollte in den Boxring, aber der Trainer hielt sie von dort fern. Auch er hörte das Knacken. Der Trainer schrie: „Er darf nicht berührt werden." Die Ambulanz trat ein und die Dinge nahmen ihren Lauf. Heute sind Linda und Toni immer noch ein Paar und beide haben eine Tochter. Linda übernahm die Bäckerei. Inhaber Gerd Rot verkaufte sie aus Altersgründen. Über dem Eingang hängt weiterhin das Schild mit der Aufschrift „Gutes Brot gibt es bei Rot".

Toni hilft oft aus, so gut es geht. Er sitzt zwar im Rollstuhl, aber er lebt.

Sein Rennen

Zwei Männer stiegen nachts in „Bob Cob's Rennstall"
ein. Sie haben nichts gestohlen, sie ließen etwas dort. Am
nächsten Tag stand das NASCAR-Rennen an. Bob und
sein Team waren sehr zuversichtlich, mindestens einen
dritten Platz einzufahren, schließlich benötigten sie den
Gewinn, da ihr Rennwagen eine völlig eigenständige
Karosserie besaß.

Der Motor wurde von Steve gewartet, die Karosserie war
eine Gemeinschaftsproduktion. Jeder konstruierte am
Rennwagen eifrig mit. Was erst eine wilde Idee war,
entwickelte sich nach dem Besuch im Windkanal als
Hammer. Fantastische Werte beim Luftwiederstand und
dann noch diese keilförmige Form, Bob sagt jedes Mal:
„Mein sexy Baby" zum Geschoss.

Die Anspannung steigt, jeden Augenblick das Startsignal.
Steve hat beste Arbeit geleistet, die 8 Zylinder laufen
rund, jede kleinste Unruhe würde Bob merken, er ist so
sensibilisiert, dass er sogar im Hintern eine
Vergaserfehleinstellung von einer achtel Umdrehung
bemerkt. 3, 2, 1 und los. Ein Blitzstart für Bob, drei
Rennwagen sind gleich in der Startphase überholt. In
dieser Saison gab es bereits 3 zweite Plätze, heute sollte
es klappen, das ahnte wohl auch Dan Saxxon mit seinem
Pontiac, er gewann das letzte Rennen, nicht ganz
unumstritten, aber nachzuweisen war ihm nichts.

Saxxon schob sich auf den ersten Platz vor, Bob steht auf der vierten Position. Dahinter spielt sich die Hölle ab, um jeden Zentimeter wird gekämpft. In den bislang 6 Saisons, die Bob bislang erlebte, zeigte sich Saxxon als eher ungestümer Rennfahrer. Sein Vater steckte viel Geld in den Saxxon-Rennstall, Dan war quasi zum Siegen verbannt. Aber als Sieger wollen schließlich alle aus dem Rennen gehen. Bob dagegen war ein Rennfahrer seit der Kindheit. In seiner Seifenkiste baute der Vater eine andere Übersetzung ein, das war erlaubt, denn jeder hatte konstruktive Freiheiten. Als Bob 14 war, der Vater starb in dem Jahr, schraubte Bob nun selbst. Das Rennrad wurde leichter gemacht, das Motorrad getunt, in den Straßenwagen kam ein Rennmotor. Dann lernten sich Bob und Steve kennen, beide schraubten sie an allem, was ihnen in die Finger kam. Und nun das Nascar-Rennen, ein Traum wird wahr wenn es zum Sieg reichen würde.

Aber da war eben Dan Saxxon, der hatte etwas dagegen. Den wahrscheinlich teuersten Rennwagen auf der Strecke, aber ihm fehlte eben das gewisse Extra. Bob kommt näher, Bob überholt gekonnt den Dodge, Bob sitzt nun Dan Saxxon im Nacken. Normalerweise kann Bob mit seinem Baby den Pontiac von Saxxon nicht überholen, aber da ist eben das gewisse Extra, was eben in Bob ist.

Die Rennwagen kommen an der Zuschauertribüne vorbei, es wird gejubelt, man liebt Bob's Baby eben, aber auch Bob, dieser sympathische und immer gut gestimmte Junge von nebenan.

Kurz hinter der Tribüne beginnt das Baby zu stottern. Zwei Wagen überholen Bob, wer nun auch auf die Idee von Steve kommt… Sabotage, dem sei gesagt, dass ab der vierten Platzierung die Rennwagen nicht kontrolliert werden. Bob sprach mit seinem Baby: „Komm', wir schaffen das... komm' Baby, gib alles!"

Der vierte Platz scheint für Bob sicher zu sein, bei einem Defekt am Vergaser wäre er darüber froh, erst Recht Dan Saxxon. Noch zwei Runden sind zu fahren. Bob sieht plötzlich vor sich eine riesige Staubwolke, er fährt über Trümmerteile. „Auch das noch!", schreit Steve in der Boxengasse. „Hoffentlich halten die Reifen!"

Die Rennwagen auf Platz 2 und 3 haben sich aus dem Rennen geschossen. Bob ist plötzlich wieder auf dem zweiten Platz, aus der Sicht von Saxxon ist das doch OK, oder? Aber Saxxon zeigt Nerven, lässt sich in der letzten Runde zurückfallen, täuschte ebenfalls Motorprobleme und versucht Bob aus der Rennstrecke zu drängen.

Vergebens, denn es bleibt dabei, Dan Saxxon ist der Winner, Bob mit seinem Baby belegt den zweiten Platz. Steve ist überglücklich, Bob jubelt und Dan hielt sich zurück. Die Vergaseraussetzer sind längst vergessen, das Preisgeld ist in Bobs und Steves Köpfen.

Aber nicht bei den Untersuchungskommissaren, sie fanden in Bobs Rennwagen eine Funkfernsteuerung, wiesen verunreinigtes Rennbenzin nach. Mit dem eigenartigen Benehmen von Saxxon und seinem Fahrzeug, was keinerlei Probleme hatte, nahmen sie Saxxon in die Mangel. Dan Saxxon gestand, auch weitere Manipulationen. Er angergierte zwei Profis, die in die jeweiligen Rennställe einbrachen und die Rennwagen manipulierten.

Bob wurde natürlich zum Sieger erklärt. Ach ja, die ganze Saison gewannen Bob und sein Baby.

Vorahnung

Jack Brady sprang. Etwas mulmig wird ihm wohl gewesen sein. Er weiß es nicht mehr. Jetzt sprang er 100 Meter in die Tiefe. Bei den ersten Metern dachte er daran, ob auch die Gurte und Karabinerhaken genug gesichert sind. „Hoffentlich reißt das Seil nicht.", dachte er. Bungeespringen bringt auch Risiken mit sich. Jack wurde etwas flau im Magen. Als er sich im freien Fall befand, sah er ein Kind vor Augen. „Wie war das möglich?", fragte er sich Jack und erkannte sich selbst. In einem hellen Licht erkannte er sein Gesicht nach der Geburt. Seine Eltern waren sehr liebevoll zu ihm. Vater Frank schraubte den Stuhl, an dem der kleine Jack hochklettern wollte, auf dem guten Parkett fest. Damit wollte er erreichen, dass der Kleine nicht kippte. Mutter Jane schimpfte, freute sich aber gleichzeitig über die Fürsorge von Frank. Mit Freund Carl stieg Jack oft durch ein kleines Loch in den Nachbargarten. Jede Menge Äpfel gab es dort kostenlos. Jedoch Nachbar Peters ärgerte sich immer, wenn die Lausbuben kamen und Äpfel klauten. In der Schule machte sich Jack sehr gut und seine Leistungen waren einmalig. Bis zum Studium lief es reibungslos. Hier lernte er auch Cindy kennen und lieben. Cindy war etwas älter als Jack. Nach der Ausbildung wünschten sich beide zwei Kinder. Sie studierte Sprachen und bekam einen Job an der Stadtzeitung. Auch über Sport berichtete sie. Sie wusste auch, dass Bungeespringen eine gefährliche Sportart war. Aber es war nun mal Jacks Wunsch, einmal im freien Fall den Erdboden zu erreichen.

Zwei süße Mädchen wurden geboren und sahen Cindy sehr ähnlich. Die Ohren haben sie aber von mir meinte Jack immer lachend. Sie unternahmen sehr viel gemeinsam mit den Kindern. Die Dinge rauschten an Jack vorbei und das Licht wurde immer heller und greller. „Was passiert hier nur?", dachte er. Das war sein letzter Gedanke, bevor er in den Tod stürzte.

Plötzlich ein Schrei! Cindy schüttelte ihn wach und schrie: „Jack, wache endlich auf, es war ein Traum!" Heute sollte das Freizeitparadies mit Pam und den Kindern besucht werden. Jack hatte für 14 Uhr den Bungeesprung gebucht. Nassgeschwitzt und kreidebleich ging Jack zur Toilette. Die Familie fuhr daraufhin zum Park. „Sie sind der Nächste", sagte das Personal. „Nein", sagte Jack, „ich kneife. Ich träumte, dass der Karabinerhaken brach und ich abstürzte. Ich habe Angst um meine Familie und um mein Leben."

Der erfahrene Mann am Bungee-Seil lachte und zeigte Jack die gute Ausrüstung. „Fünf sind vor ihnen gesprungen. Das Geld kann ich ihnen leider nicht erstatten. Schauen sie, hier sind die Karabinerhaken." Als er den dritten Haken in die Hand nahm, brach das Gelenk in zwei Teile.